国学经典精粹丛书

诗经

《诗》三百，一言以蔽之，

曰："思无邪。"

焦　亮◎译注

图书在版编目（CIP）数据

诗经 / 焦亮译注. --北京：华龄出版社，2017.4
ISBN 978-7-5169-0928-7

Ⅰ.①诗… Ⅱ.①焦… Ⅲ.①古体诗－诗集－中国－春秋时代②《诗经》－译文③《诗经》－注释 Ⅳ.①I207.222

中国版本图书馆CIP数据核字（2017）第060115号

责任编辑 高志红 **责任印制** 李未圻

书　名	诗 经	**作　者**	焦 亮
出　版 **发　行**	华龄出版社 HUALING PRESS		
地　址	北京市东城区安定门外大街甲57号	**邮　编**	100011
电　话	（010）58122255	**传　真**	（010）84049572
印　刷	三河市刚利印务有限公司		
版　次	2017年6月第1版	**印　次**	2023年8月第4次印刷
规　格	880mm×1230mm	**开　本**	1/32
印　张	7	**字　数**	160千字
书　号	ISBN 978-7-5169-0928-7		
定　价	36.00元		

前言

作为中国古典文学的源头之一，《诗经》中的许多诗句因其美好、内涵丰富、意味深长而为后世的人不断引用，至今仍熠熠生辉。

《诗经》中最广为人知的亦是爱情诗。“窈窕淑女，君子好逑”，郎才女貌，才子佳人，延续了千古的风流婉转；“一日不见，如三秋兮”，将恋人分离的煎熬和痛苦表现得贴切生动，以至于经历数代流传，也从未褪色；“执子之手，与子偕老”，直至今日仍作为坚贞的誓言，见证一场又一场执手老去的爱情。

作为“周代社会的百科全书”，《诗经》广泛而真实地表现了周代社会生活的方方面面，不仅有婚恋，更有民俗、农业、祭祀、战争、狩猎；不仅有痴男怨女，更有没落贵族、农民、小官吏、奴隶等。

《诗经》分《风》《雅》《颂》三类。《风》又称《国风》，包含十五个国家和地区的民间歌谣，其中一部分来自劳动者的口头创作。这种口头创作的歌谣保留了最鲜活的底层民间风味，充满早期人类生活的原始和野性，是《诗经》中最为出彩的篇章。

《雅》分《小雅》和《大雅》，《大雅》主要是应用于朝会典礼的乐歌，包括开国史诗和一部分政治诗，可当作史料阅读，对于重现当时的政治生活、了解周朝的兴衰过程，有着重要的借鉴意义。《小雅》则扩大了表现范围，从朝会延伸至贵族阶层，从表现重大的国家兴亡到表现士大夫和贵族的生活，在题材上有所开拓。

《颂》分《周颂》《鲁颂》《商颂》。《周颂》是西周王室的宗庙祭祀乐歌，《鲁颂》是春秋时期鲁国的宗庙祭祀乐歌，《商颂》是殷商后裔宋国的宗庙祭祀乐歌。其中以《周颂》最具代表性。

祭祀是中国古代社会生活的重要组成部分，《国风》中就有多首表现民间祭祀的诗歌，而《颂》专门记述宗庙祭祀，其中既有对王的美化与歌颂，亦表现出先民的社会理想和时代的进程。

《诗经》是简单的。它体例清晰，篇目分明；赋、比、兴三种艺术手法，贯穿全书；通篇以四言为主，简洁明了；韵律优美，富有节奏；便于诵读，朗朗上口。

然而，《诗经》又是复杂的。洋洋洒洒三百篇，距今已近三千年，用字、本义、主旨，无不晦涩难解；赋、比、兴，常常你中有我，我中有你，使得诗篇要旨多变；四言句式，言简义丰，造成歧义不断，难成定论。

正因如此，《诗经》才读不尽，也说不尽。每个人都能读出一部属于自己的《诗经》。但在此之前，需要了解《诗经》，不是执意着眼于《诗经》的外部研究，也不是盲目追随别人的“一家之言”，而是从每一首诗的字、词、句入手，对《诗经》形成感性的体验和客观的认识。

本书除了对诗的内容进行白话翻译外，每一首诗还附上了详尽的拼音和注释，以扫清诗歌阅读的障碍。《诗经》的美丽、无邪，《诗经》的言外之意、意内之叹、叹中之思，《诗经》的口耳相传、千古不衰，都能在文字里找到答案。

目录

风 篇

颂 篇

风　篇

周南

关雎

关关雎鸠[①]，在河之洲。窈窕淑女，君子好逑[②]。

参差荇菜[③]，左右流之[④]。窈窕淑女，寤寐求之[⑤]。

求之不得，寤寐思服[⑥]。悠哉悠哉，辗转反侧。

参差荇菜，左右采之。窈窕淑女，琴瑟友之。

参差荇菜，左右芼之[⑦]。窈窕淑女，钟鼓乐之。

【注释】

①关关：鸟鸣声。雎（jū）鸠：一种水鸟的名字。②逑（qiú）：配偶。③荇（xìng）菜：一种可以食用的水生植物。④流：顺着水流采摘。⑤寤（wù）：醒来。寐（mèi）：入睡。⑥思服：思念。⑦芼（mào）：择取。

【译文】

雌雄相鸣的水鸟，相依于河中的小洲。那美丽善良的姑娘，是君子的佳偶。

长短不一的荇菜，顺着水流左右靠近它。那美丽善良的姑娘，醒着睡着都想追求她。

追求却难实现，日日夜夜挂念着她。漫长的思念啊，让人辗转反侧难以入睡。

长短不一的荇菜，左右采摘它。那美丽善良的姑娘，弹琴奏瑟来亲近她。

长短不一的荇菜，左右搅动着它。那美丽善良的姑娘，敲钟打鼓来取悦她。

葛覃

葛之覃兮[①]，施于中谷[②]，维叶萋萋[③]。黄鸟于飞[④]，集于灌木[⑤]，其鸣喈喈[⑥]。

葛之覃兮，施于中谷，维叶莫莫[⑦]。是刈是濩[⑧]，为絺为绤[⑨]，服之无斁[⑩]。

言告师氏[⑪]，言告言归[⑫]。薄污我私[⑬]，薄浣我衣[⑭]。害浣害否[⑮]，归宁父母[⑯]。

【注释】

①葛：一种蔓草，在此处指蔓生之藤。②施（yì）：蔓延。中谷：在山谷中。③维：语助词。萋（qī）萋：茂盛的样子。④黄鸟：黄雀。于：助词。⑤集：栖息。⑥喈（jiē）喈：鸟儿婉转鸣叫的声音。⑦莫莫：茂盛。⑧刈（yì）：割取。濩（huò）：用热水煮东西，这里是指将葛放在水里煮。⑨絺（chī）：细葛布。绤（xì）：粗葛布。⑩斁（yì）：厌倦。⑪师氏：保姆。⑫言：语气助词，另一说，“言”为我。归：原意指出嫁，也可指回娘家。⑬薄：助词。⑭浣（huàn）：洗涤。衣：外衣。⑮害：通“曷”，即何。否：表示否定，此处指不用洗的衣服。⑯归宁：回家以慰父母之心，或指出嫁以让父母安心。

【译文】

葛藤柔又长，蔓延谷中央，叶儿真茂密。黄雀飞来，在灌木上栖息，婉转欢鸣。

葛藤柔又长，蔓延谷中央，叶儿真清鲜。割取放水煮，织成粗细布，穿衣不厌倦。

轻声告女师，回家心甚切。洗干净贴身衣服，再洗干净外衣。不用全洗了，要回家向父母请安。

卷耳

采采卷耳[①]，不盈顷筐[②]。嗟我怀人[③]，寘彼周行[④]。

陟彼崔嵬[⑤]，我马虺隤[⑥]。我姑酌彼金罍[⑦]，维以不永怀[⑧]。

陟彼高冈，我马玄黄[⑨]。我姑酌彼兕觥[⑩]，维以不永伤。

陟彼砠矣[⑪]，我马瘏矣[⑫]，我仆痡矣[⑬]，云何吁矣[⑭]！

【注释】

①采采：一说采摘；一说形容野草茂盛之状。卷耳：一种野菜，今名苍耳。②顷筐：今天的畚箕。③嗟：语气助词，另一说叹息声。④寘（zhì）：同“置”，放下之意。周行：大路。⑤陟（zhì）：登高。崔嵬（wéi）：高而不平的土石山。⑥虺隤（huǐ tuí）：疲惫无力的样子。⑦罍（léi）：像酒坛一样大肚小口的盛酒器皿。⑧维：发语词。永：长久。⑨玄黄：形容马腿脚疲软之病。⑩兕觥（sì gōng）：一种饮酒器，形状像伏着的犀牛。⑪砠（jū）：山中陡峭、有阻碍的地方。⑫瘏（tú）：马因疲病而无法前行。⑬痡（pū）：人过度疲惫、无法走路的样子。⑭云何：奈何，如之何。吁（xū）：忧愁。

【译文】

采摘茂盛的卷耳，半天还没装满一小筐。心中思念心上人，菜筐丢到大路旁。

登上高高的土石山，我的马儿已经疲惫。暂且斟满金壶酒，以慰心中的思念。

登上高高的山冈，我的马儿已经生病。只好斟满大杯酒，以免心中总悲伤。

登上陡峭的乱石冈，马儿病倒躺地上，仆人也累坏了，如何解脱这万般愁绪！

樛木

南有樛木[①]，葛藟累之[②]。乐只君子[③]，福履绥之[④]！
南有樛木，葛藟荒之[⑤]。乐只君子，福履将之[⑥]！
南有樛木，葛藟萦之[⑦]。乐只君子，福履成之[⑧]！

【注释】

①樛（jiū）木：弯曲的树。②葛藟（lěi）：葛和藟都是蔓生植物。累（léi）：攀缘。③只：助词。君子：此处指结婚的新郎。④福履：福禄，幸福。绥（suí）：安乐。⑤荒：覆盖，遮掩。⑥将：一说“扶助”；一说“大”。⑦萦（yíng）：缠绕。⑧成：来到。

【译文】

南山有弯树，攀附野葡萄。新郎真开心，幸福又安乐。
南山有弯树，盖满野葡萄。新郎真开心，福禄将要来。
南山有弯树，缠绕野葡萄。新郎真开心，福禄已来到。

螽斯

螽斯羽[①]，诜诜兮[②]。宜尔子孙，振振兮[③]。
螽斯羽，薨薨兮[④]。宜尔子孙，绳绳兮[⑤]。
螽斯羽，揖揖兮[⑥]。宜尔子孙，蛰蛰兮[⑦]。

【注释】

①螽（zhōng）斯：或名斯螽，一种蝗虫，即飞蝗，俗称蚂蚱。②诜（shēn）诜：同“莘莘”，众多貌。③振振：盛多的样子。④薨（hōng）薨：形容螽斯的齐鸣。⑤绳绳：绵延不绝的样子。⑥揖（jí）揖：同“集集”，汇聚。⑦蛰（zhé）蛰：群聚欢乐的样子。

【译文】

飞蝗张开翅膀，群集于一起。你的子孙真多，家族繁盛啊。

飞蝗张开翅膀，群飞齐声响。你的子孙真多，世代绵延啊。

飞蝗张开翅膀，汇聚挤满堂。你的子孙真多，欢乐和睦啊。

桃夭

桃之夭夭[①]，灼灼其华[②]。之子于归[③]，宜其室家[④]。

桃之夭夭，有蕡其实[⑤]。之子于归，宜其家室。

桃之夭夭，其叶蓁蓁[⑥]。之子于归，宜其家人。

【注释】

①夭夭：花朵怒放的样子。②灼灼：桃花盛开，色彩鲜艳如火的样子。③之子：这位姑娘。归：指出嫁。④宜：和顺、亲善。室家：家庭。⑤蕡（fén）：硕大。⑥蓁（zhēn）：叶子茂盛的样子。

【译文】

满树桃花怒放，绽开鲜艳花朵。这位女子要出嫁，祝福她夫家和顺。

满树桃花怒放，大个桃子结满枝。这位女子要出嫁，祝福她夫家美满。

满树桃花怒放，叶子繁密茂盛。这位女子要出嫁，祝福她夫家幸福。

兔罝

肃肃兔罝[①]，椓之丁丁[②]。赳赳武夫[③]，公侯干城[④]。

肃肃兔罝，施于中逵[⑤]。赳赳武夫，公侯好仇[⑥]。

肃肃兔罝，施于中林[⑦]。赳赳武夫，公侯腹心。

【注释】

①肃肃：端庄严正的样子。兔：通“菟”，指老虎。罝（jū）：捕

兽的网。②椓（zhuó）：打击。丁（zhēng）丁：击打的声音。③赳赳：轻捷有力。武夫：武士。④公侯：周封列国爵位，泛指统治者。干：通“捍”。干城：御敌捍卫之城。⑤中逵（kuí）：四通八达的交叉路口。⑥仇（qiú）：匹配，辅助。⑦林：牧外谓之野，野外谓之林。中林：林中。

【译文】

整饬繁密的捕虎网，打桩地上声声响。武夫英姿雄赳赳，真是国君好干将。

整饬繁密的捕虎网，置于四通八达岔路口。武夫英姿雄赳赳，真是国君好帮手。

整饬繁密的捕虎网，置于郊野林深处。武夫英姿雄赳赳，真是国君好心腹。

芣苢

采采芣苢[①]，薄言采之[②]。采采芣苢，薄言有之[③]。
采采芣苢，薄言掇之[④]。采采芣苢，薄言捋之[⑤]。
采采芣苢，薄言袺之[⑥]。采采芣苢，薄言襭之[⑦]。

【注释】

①采采：采了又采。芣苢（fú yǐ）：植物名，即车前子。②薄言：发语词，无实义。③有（yǐ）：取。④掇（duō）：拾取。⑤捋（lǚ）：以手掌握物，摘取物体。⑥袺（jié）：用衣襟兜东西。⑦襭（xié）：翻转衣襟掖于腰带以兜东西。

【译文】

车前子呀采啊采，我们一起来采它。车前子呀采了又采，已经采到一些了。

车前子呀采啊采，快快将它拾起来。车前子呀采了又采，轻轻将它摘下来。

车前子呀采啊采，提起衣襟装起来。车前子呀采了又采，系好衣襟兜回来。

汉广

南有乔木[1]，不可休思[2]。汉有游女[3]，不可求思。汉之广矣，不可泳思。江之永矣[4]，不可方思[5]。

翘翘错薪[6]，言刈其楚[7]。之子于归[8]，言秣其马[9]。汉之广矣，不可泳思。江之永矣，不可方思。

翘翘错薪，言刈其蒌[10]。之子于归，言秣其驹。汉之广矣，不可泳思。江之永矣，不可方思。

【注释】

①乔木：形容树木高大笔直。②思：语助词；下同。③汉：汉水。游女：游玩的女子。④江：指长江。永：长。⑤方：筏子，此处用作动词，意思是乘木筏渡江。⑥翘翘：高出。错薪：丛丛杂生的柴草。⑦刈（yì）：割。楚：荆树。⑧于归：女子出嫁。⑨秣（mò）：用谷草喂马。⑩蒌（lóu）：蒌蒿，也叫白蒿，一种生在水边的草。

【译文】

南方有高大乔木，却不能乘凉休息。汉水边有游玩的女子，喜欢却不可追求。

汉水浩荡而宽广，却不可能游过去。江水水流也很长，乘筏渡过不可能。

杂柴乱草错杂生，偏要砍下那荆条。女子就要出嫁了，用草喂饱她的马。

汉水浩荡而宽广，却不可能游过去。江水水流也很长，乘筏渡过不可能。

杂柴乱草错杂生，专门去割下蒌蒿。女子就要出嫁了，用草喂饱小马驹。

汉水浩荡而宽广，却不可能游过去。江水水流也很长，乘筏渡过不可能。

汝坟

遵彼汝坟[①]，伐其条枚[②]。未见君子[③]，惄如调饥[④]。

遵彼汝坟，伐其条肄[⑤]。既见君子，不我遐弃[⑥]。

鲂鱼赪尾[⑦]，王室如燬[⑧]。虽则如燬，父母孔迩[⑨]。

【注释】

①遵：循，沿。汝：汝河，源出河南省。坟：大堤。②条：山楸树。一说树干（枝曰条，干曰枚）。③君子：此处指在外服役或为官的丈夫。④惄（nì）：饥，一说忧愁。调（zhōu）：又作“輖”，同“朝”，早晨。调饥：早上挨饿，喻男女欢情未得满足。⑤肄（yì）：树被砍伐后再生的小枝。⑥遐：远。⑦鲂（fáng）鱼：鳊鱼。赪（chēng）：赤红色。⑧燬（huǐ）：烈火，齐人将火称为燬。⑨孔：甚。迩（ěr）：近，此处指迫近饥寒之境。

【译文】

顺着汝水上堤坝，砍完树枝砍树干。好久未见我夫君，就像忍饥在早晨。

顺着汝水上堤坝，砍伐那些小树枝。终于见到我夫君，请别再把我抛弃。

鳊鱼劳累尾巴红，官家事务像火烧。虽然虐政像火烧，父母就要临饥寒。

麟之趾

麟之趾[①]，振振公子[②]。于嗟麟兮[③]！

麟之定[④]，振振公姓[⑤]。于嗟麟兮！

麟之角，振振公族[⑥]。于嗟麟兮！

【注释】

①麟：麒麟，传说中的动物。趾：足，此处是指麒麟的蹄。②振

(zhēn)振：诚实仁厚的样子。③于(xū)：通“吁”，叹词。④定：额头。⑤公姓：一说公姓即公子，原诗为协韵，因此变文。⑥公族：同“公姓”。

【译文】

麒麟的蹄儿不踢人，就像诚实的公子，赞为麒麟啊！

麒麟的额头不撞人，就像仁厚的公姓，赞为麒麟啊！

麒麟的尖角不触人，就像仁厚的公族，赞为麒麟啊！

召南

鹊巢

维鹊有巢[1]，维鸠居之[2]。之子于归，百两御之[3]。

维鹊有巢，维鸠方之[4]。之子于归，百两将之[5]。

维鹊有巢，维鸠盈之[6]。之子于归，百两成之[7]。

【注释】

①维：发语词。鹊：喜鹊。有巢：比兴男子已造家室。②鸠：鸤鸠、斑鸠。今名布谷鸟。③百：虚数，指数量多。两：同“辆”。御(yà)：同“迓”，迎接。④方：并，比，此处指占居。⑤将(jiāng)：扶，持。⑥盈：满。此处指陪嫁的人众多。⑦成：结婚礼成。

【译文】

喜鹊筑成窝，布谷来住它。姑娘要出嫁，百辆车队迎她。

喜鹊筑成窝，布谷占有它。姑娘要出嫁，百辆车队送她。

喜鹊筑成窝，布谷占满它。姑娘要出嫁，百辆车子接到她。

采蘩

于以采蘩[1]？于沼于沚[2]。于以用之？公侯之事[3]。

于以采蘩？于涧之中[4]。于以用之？公侯之宫[5]。

被之僮僮[⑥]，夙夜在公[⑦]。被之祁祁[⑧]，薄言还归[⑨]。

【注释】

①于以：往哪儿。一说语助词。蘩（fán）：白蒿。叶片形状很像艾叶，根茎可食，古代常用来祭祀。②沼：水池。沚（zhǐ）：水中小洲。③事：此指祭祀。④涧：山夹水曰涧。⑤宫：大的房子。汉代以后才专指皇宫。⑥被：首饰，相当于今天的假发。僮（tóng）僮：一说首饰很多的样子，一说光洁不坏的样子。⑦夙：早。公：公庙。⑧祁（qí）祁：形容头发蓬松。⑨归：归寝。

【译文】

去哪儿采白蒿？去水池和小洲。何处用白蒿？公侯的祭祀。

去哪儿采白蒿？去山涧的中间。何处用白蒿？公侯的庙堂。

首饰佩戴整齐，早晚在公庙。发饰蓬松，祭祀结束回家。

草虫

喓喓草虫[①]，趯趯阜螽[②]。未见君子，忧心忡忡[③]。亦既见止[④]，亦既觏止[⑤]，我心则降！

陟彼南山[⑥]，言采其蕨[⑦]。未见君子，忧心惙惙[⑧]。亦既见止，亦既觏止，我心则说[⑨]！

陟彼南山，言采其薇[⑩]。未见君子，我心伤悲。亦既见止，亦既觏止，我心则夷！

【注释】

①喓（yāo）喓：虫鸣声。草虫：蝈蝈。②趯（tì）趯：昆虫跳跃之状。阜螽（zhōng）：蚱蜢。③忡（chōng）忡：心跳。④止：之，他。一说语助词。⑤觏（gòu）：遇合。⑥陟（zhì）：升，登。⑦

蕨（jué）：植物名，蕨菜。⑧惙（chuò）惙：愁苦的样子。⑨说（yuè）：通“悦”。⑩薇：即山菜。

【译文】

草虫鸣叫，蚱蜢蹦跳。见不到心上人，忧思上心头。只要见到他，既然会见他，心方不再忧！

攀登南山上，为了去采蕨。见不到心上人，心中很惶惑。只要见到他，既然会见他，心里就会欢喜！

登上南山坡，前去采薇菜。见不到心上人，心中很悲伤。只要见到他，既然会见他，心中才能安详！

采蘋

于以采蘋[①]？南涧之滨。于以采藻[②]？于彼行潦[③]。

于以盛之？维筐及筥[④]。于以湘之[⑤]？维锜及釜[⑥]。

于以奠之[⑦]？宗室牖下[⑧]。谁其尸之[⑨]？有齐季女[⑩]。

【注释】

①蘋：多年生水草，又名大萍，可食用。②藻：水藻。③行潦（háng láo）：沟中积水。行，通“洐”，水沟。潦，流水、积水。④筥（jǔ）：圆形的筐。方称筐，圆称筥。⑤湘：烹、煮。⑥锜（qí）：三足锅。釜（fǔ）：无足锅。⑦奠：放置。⑧宗室：宗庙、祠堂。牖（yǒu）：天窗。⑨尸：主持祭祀。⑩齐（zhāi）：通“斋”，美好、恭敬。季：少、小。

【译文】

去哪能采蘋？南面溪水边。去哪能采藻？就在那沟中积水里。

用什么来盛装？圆篓和方筐。用什么煮食物？三足锅和无足锅。

祭品放在哪里？祠堂的窗户下。今天谁主持祭祀？虔诚的少女。

甘棠

蔽芾甘棠[①]，勿翦勿伐[②]，召伯所茇[③]。
蔽芾甘棠，勿翦勿败[④]，召伯所憩[⑤]。
蔽芾甘棠，勿翦勿拜[⑥]，召伯所说[⑦]。

【注释】

①蔽芾（fèi）：树木高大茂密。甘棠：棠梨。②翦：同“剪”。伐：砍伐。③召（shào）伯：即召公，名奭（shì），姬姓，封于燕。茇（bá）：草舍，此处作动词用，居住的意思。④败：毁坏。⑤憩（qì）：休息。⑥拜：拔，一说屈、折。⑦说（shuì）：通“税”，停歇，止息。

【译文】

梨棠浓密高大，莫修剪勿砍伐，召伯曾住这树下。
梨棠浓密高大，莫修剪勿损毁，召伯曾歇这树下。
梨棠浓密高大，莫修剪勿拔掉，召伯曾停这树下。

行露

厌浥行露[①]，岂不夙夜？谓行多露[②]。

谁谓雀无角[③]？何以穿我屋？谁谓女无家[④]？何以速我狱[⑤]？虽速我狱，室家不足[⑥]。

谁谓鼠无牙？何以穿我墉[⑦]？谁谓女无家？何以速我讼？虽速我讼，亦不女从。

【注释】

①厌浥（yì）：沾湿。行：道路。②谓：同“畏”，意指害怕露浓，与下文“谁谓”的“谓”意思不同；一说奈何。③角：鸟嘴。④女：同“汝”，你。无家：没有成家。⑤速：招致。狱：案件。⑥室家不足：要求成婚的理由不充分。⑦墉（yōng）：墙。

【译文】

路上露水潮湿，为啥不走夜路？是怕路上露水多。

谁说鸟雀没有嘴？如何啄穿我的屋？谁说你还未成家？凭啥让我吃官司？就算让我吃官司，逼迫成家没道理。

谁说老鼠没有牙，如何穿透我的墙？谁说你还未成家？凭啥让我上公堂？就算让我上公堂，我也绝不会顺从你。

羔羊

羔羊之皮，素丝五纶[①]。退食自公，委蛇委蛇[②]。

羔羊之革[③]，素丝五绒[④]。委蛇委蛇，自公退食。

羔羊之缝[⑤]，素丝五总[⑥]。委蛇委蛇，退食自公。

【注释】

①五纶（tuó）：缝制细密的样子。五：通“午”，交错。②委蛇（wēi yí）：同“逶迤”，悠闲自得的样子。③革：皮。④绒（yù）：缝。⑤缝：缝合之处。⑥总（zōng）：语义同纶。

【译文】

小羊皮袄穿上身，白丝交错细密缝。退出公府吃饭去，走路安详又自在。

羔羊皮袍穿上身，五种素丝作点缀。大摇大摆下朝去，回到家中吃饭去。

羔羊皮子需要缝，五种素丝细密缝。大摇大摆下朝去，回到家里吃饭去。

殷其靁

殷其靁[①]，在南山之阳[②]。何斯违斯[③]？莫敢或遑[④]。振振君子[⑤]，归哉归哉！

殷其靁，在南山之侧。何斯违斯？莫敢遑息。振振君子，归哉归哉！

殷其靁，在南山之下。何斯违斯？莫敢遑处[6]。振振君子，归哉归哉！

【注释】

①殷：雷声。靁（léi）：古字，今写成“雷”。②阳：山南为阳。③斯：指示词。前一“斯”字指此时，后一“斯”字指此地。违：离去。④或：有。遑（huáng）：闲暇。⑤振振：勤奋的样子。⑥处：停留。

【译文】

雷声轰隆隆，响在南阳坡。为何这时离开家？不敢有片刻悠闲。勤奋的夫君，归来啊，归来啊！

雷声轰隆隆，响在南山旁。为何这时离开家？不敢有片刻停闲。勤奋的夫君，归来啊，归来啊！

雷声轰隆隆，响在南山下。为何这时离开家？不敢有片刻悠闲。勤奋的夫君，归来啊，归来啊！

摽有梅

摽有梅[1]，其实七兮。求我庶士[2]，迨其吉兮[3]。

摽有梅，其实三兮。求我庶士，迨其今兮[4]。

摽有梅，顷筐塈之[5]。求我庶士，迨其谓之。

【注释】

①摽（biào）：坠落。有：语助词。②庶：很多。士：未婚的男子。③迨（dài）：及。吉：好日子。④今：现在。⑤顷筐：畚箕。塈（jì）：一说取，一说给。

【译文】

梅子落地，树上还有七成。追求我的众君子，莫要耽误此良辰。

梅子落地，枝头仅剩三成。追求我的众君子，现在不要再等。

梅子落地，拿着浅筐来收拾。追求我的众君子，赶快开口告诉我。

小星

嘒彼小星[①]，三五在东。肃肃宵征[②]，夙夜在公。寔命不同[③]！

嘒彼小星，维参与昴[④]。肃肃宵征，抱衾与裯[⑤]。寔命不犹！

【注释】

①嘒（huì）：微光闪烁。②肃肃：急急忙忙的样子。宵：天未亮以前。征：行。③寔：同“实”。④维：是。参（shēn）、昴（mǎo）：星宿名。⑤抱：古“抛”字。

【译文】

微光闪烁小星星，三三五五在东方。匆匆忙忙赶夜路，早晚奔跑为公忙，实为命运不相同！

微光闪烁小星星，参星昴星挂天上。匆匆忙忙赶夜路，被子床单都抛开，实在命运不如人！

江有汜

江有汜[①]，之子归，不我以。不我以，其后也悔！

江有渚[②]，之子归，不我与。不我与，其后也处[③]！

江有沱[④]，之子归，不我过。不我过，其啸也歌[⑤]！

【注释】

①汜（sì）：由主流分出而后重新汇合的河水。②渚（zhǔ）：指水中小洲。③处：忧愁。④沱（tuó）：沱江，长江的支流。⑤啸：号哭。

【译文】

流水流出又汇合，这个姑娘出嫁了，不愿和我在一起。不愿和我在一起，将来一定会后悔！

大江宽泛有小洲，这个姑娘出嫁了，没有相聚就离去。没有相聚就离去，将来一定会忧愁！

大江也会有支流，这个姑娘出嫁了，不愿到我这里来。不愿到我这里来，将来号哭有啥用！

野有死麕

野有死麕[①]，白茅包之。有女怀春[②]，吉士诱之[③]。

林有朴樕[④]，野有死鹿。白茅纯束[⑤]，有女如玉。

舒而脱脱兮[⑥]！无感我帨兮[⑦]！无使尨也吠[⑧]！

【注释】

①麕（jūn）：獐子，体形比鹿小，无角。②怀春：思春。③吉士：对男子的美称。④朴樕（sù）：丛生的小型灌木。⑤纯束：捆扎，包裹。“纯”为“稛（kǔn）”的假借。⑥脱（duì）脱：动作文雅舒缓。⑦感（hàn）：通“撼”，动摇的意思。帨（shuì）：佩巾，围裙。⑧尨（máng）：多毛的狗。

【译文】

野地有只死獐子，用洁白茅草包着。有位姑娘动了心，小伙追着来引诱。

树林里有小树木，野地有只死鹿。用白茅捆扎送给谁？有位姑娘颜如玉。

慢慢来啊别着急！别动我的围裙啊！别惹狗儿叫汪汪！

何彼襛矣

何彼襛矣[①]？唐棣之华[②]。曷不肃雍[③]？王姬之车[④]。

何彼秾矣？华如桃李。平王之孙[⑤]，齐侯之子[⑥]。

其钓维何？维丝伊缗[⑦]。齐侯之子，平王之孙。

【注释】

①秾（nóng）：花木繁盛的样子。②唐棣（dì）：树名，又作棠棣。一说指车帷。③曷（hé）：疑问代词，何。雍（yōng）：和谐、安详。④王姬：周王的女儿，一说为美女的代称。⑤平王之孙：是对男女婚姻的夸美之词。⑥齐侯之子：齐国诸侯之子。⑦其钓维何？维丝伊缗（mín）：是婚姻恋爱的隐语，或指男女双方门当户对、婚姻美满，或指用适当的方法求婚。

【译文】

为何那么繁盛？就像棠棣花般美妍。何以不严肃雍容？那是王姬壮观的车。

为何那么繁盛？就像桃花李花般娇艳。那是平王的外孙，齐侯的子女。

他用什么钓鱼？用丝绳麻绳做钓线。齐侯之子风度也翩翩，那是齐侯的子女，平王的外孙。

驺虞

彼茁者葭[①]，壹发五豝[②]，于嗟乎驺虞[③]！

彼茁者蓬[④]，壹发五豵[⑤]，于嗟乎驺虞！

【注释】

①茁（zhuó）：草初生的样子。②豝（bā）：小母猪。③驺虞（zōu yú）：一说猎人，一说义兽，一说古牧猎官。④蓬（péng）：飞蓬、蓬蒿。⑤豵（zōng）：小猪。

【译文】

茁壮的芦苇很茂盛，一次发射就射中五只小母猪。齐声赞叹猎人好厉害！

茁壮的蓬蒿很茂盛，一次发射就射中五只小母猪。齐声赞叹猎人好厉害！

邶风

柏舟

汎彼柏舟①，亦汎其流。耿耿不寐②，如有隐忧③。微我无酒④，以敖以游。

我心匪鉴，不可以茹⑤。亦有兄弟，不可以据⑥。薄言往愬⑦，逢彼之怒。

我心匪石，不可转也。我心匪席，不可卷也。威仪棣棣⑧，不可选也⑨。

忧心悄悄⑩，愠于群小⑪。觏闵既多⑫，受侮不少。静言思之，寤辟有摽⑬。

日居月诸！胡迭而微？心之忧矣，如匪浣衣。静言思之，不能奋飞。

【注释】

①汎：漂流，漂浮。②耿耿：鲁诗作“炯炯”，指眼睛明亮。③隐：痛。④微：非，不是。⑤茹（rú）：容纳。⑥据：依靠。⑦愬（sù）：同“诉”，告诉。⑧棣棣：丰富的样子。⑨选：同“巽”，退让。⑩悄悄：忧愁的样子。⑪愠（yùn）：恼怒，怨恨。⑫觏（gòu）：同“遘”，遭逢。闵（mǐn）：痛，指患难。⑬寤：交互。辟（pì）：通“擗”，抚心。摽（biào）：捶打。

【译文】

柏木船儿漂漂荡荡，随意在水中漂流。瞪圆双眼难入睡，心中有无限忧愁。不是无酒以解忧，姑且散心去遨游。

我并不是青铜镜，不能谁都来留影。娘家也有兄弟，没想到兄弟难以依靠。前去他家诉诉苦，正好遇上他们生气。

我心并不是磨石，不能随便就去转。我心也不是软草席，不能随便展和卷。娴雅威仪好品行，不能退让任人欺。

忧愁无限难消除，小人成群烦恼多。横遭陷害次数多，遭受凌辱更无数。静下心来仔细想，猛醒拍胸来泄恨。

太阳啊月亮啊，为什么明暗相交替？无数的忧愁在心中，就好像脏衣没清洗。静下心来仔细想，无法高飞展翅翔。

绿衣

绿兮衣兮，绿衣黄里。心之忧矣，曷维其已[①]！
绿兮衣兮，绿衣黄裳[②]。心之忧矣，曷维其亡！
绿兮丝兮，女所治兮[③]。我思古人[④]，俾无訧兮[⑤]。
絺兮绤兮[⑥]，凄其以风[⑦]。我思古人，实获我心。

【注释】

①曷：何。已：止。②裳：下衣，形状如今天的裙子。③女（rǔ）：同“汝”。治：缝制。④古人：指已亡故之人。⑤俾（bǐ）：使。訧（yóu）：过失。⑥絺（chī）：细葛布。绤（xì）：粗葛布。⑦凄：凉而有寒意。

【译文】

绿色衣啊绿色衣，绿色上衣黄色里。心有愁绪千百结，不知何时才能止！

绿色衣啊绿色衣，绿色上衣黄下衣。心有愁绪千百结，忧愁何时才能忘！

绿色丝啊绿色丝，绿丝是你亲手织。看着衣裳念亡妻，遇事教我无过失。

葛衣不论粗和细，穿在身上有寒意。看着衣裳念亡妻，样样都合我心意。

燕燕

燕燕于飞[①]，差池其羽[②]。之子于归[③]，远送于野。瞻望弗及，泣涕如雨[④]！

燕燕于飞，颉之颃之[⑤]。之子于归，远于将之[⑥]。瞻望弗及，伫立以泣！

燕燕于飞，下上其音。之子于归，远送于南[⑦]。瞻望弗及，实劳我心[⑧]！

仲氏任只[⑨]，其心塞渊[⑩]。终温且惠[⑪]，淑慎其身[⑫]。先君之思[⑬]，以勖寡人[⑭]。

【注释】

①燕燕：即燕子。②差（cī）池：同“参差”，形容燕子张舒其尾翼。③于归：出嫁。④涕：眼泪。⑤颉（jié）：向上飞。颃（háng）：向下飞。⑥将：送。⑦南：指卫国的南边，一说野外。⑧劳：忧，劳神。⑨仲：排行第二。⑩塞（sè）：诚实。渊：深厚。⑪终：既，已经。惠：和顺。⑫淑：善良。⑬先君：已故的国君。⑭勖（xù）：勉励。

【译文】

燕子振翅飞天上，参差不齐展翅膀。姑娘今天要出嫁，相送郊野远路旁。遥望背影渐消失，泪流纷纷如雨下。

燕子振翅飞天上，身姿忽高又忽低。姑娘今天要出嫁，送别不嫌道路长。遥望背影渐消失，伫立满面泪水淌。

燕子振翅飞天上，鸣音呢喃又悠扬。姑娘今天要出嫁，送她向南路茫茫。遥望背影渐消失，实在痛心更悲伤。

二妹诚信又稳当，思虑切实又长远。温柔和顺好脾气，为人谨慎又善良。常念先君之德，用来勉励寡人。

日月

日居月诸[①]，照临下土。乃如之人兮[②]，逝不古处[③]。

胡能有定[4]？宁不我顾[5]？

日居月诸，下土是冒[6]。乃如之人兮，逝不相好[7]。胡能有定？宁不我报？

日居月诸，出自东方。乃如之人兮，德音无良[8]。胡能有定？俾也可忘[9]！

日居月诸，东方自出。父兮母兮，畜我不卒[10]。胡能有定？报我不述[11]！

【注释】

①居、诸：语尾助词。②乃：可是。之人：这个人。③古处：一说旧处，和原来一样相处。④胡：何，怎么。定：止。⑤宁：竟然，难道。⑥冒：覆盖，照耀。⑦相好：相爱。⑧德音：好的名誉。⑨俾（bǐ）：使。⑩畜：同“慉”，喜爱。不卒：不到最后。⑪不述：不循义理。

【译文】

太阳啊月亮啊，光辉普照大地。世上竟有这样的人，忘恩负义，对我与从前不一样。这些事如何会有定准？难道不把我照顾？

太阳啊月亮啊，照耀着大地。世间竟会有这样的人，与我不再恩爱了。这些事如何会有定准？难道不向我回报？

太阳啊月亮啊，每天升起在东方。世间竟会有这样的人，名誉扫地丧天良。这些事怎么会有定准？怎能让我轻易忘！

太阳啊月亮啊，自然会在东方升起。父亲啊母亲啊，丈夫爱我不长久。这些事如何会有定准？回报我的话不好讲！

终风

终风且暴[1]，顾我则笑[2]，谑浪笑敖[3]，中心是悼[4]。

终风且霾[5]，惠然肯来[6]，莫往莫来[7]，悠悠我思。

终风且曀[8]，不日有曀[9]，寤言不寐，愿言则嚏[10]。

曀曀其阴[11]，虺虺其靁[12]，寤言不寐，愿言则怀。

【注释】

①终：既。暴：疾风。②则：而。③谑浪笑敖：戏谑。谑，调戏。浪，放荡。敖，放纵。④中心：心中。悼：烦忧，害怕。⑤霾(mái)：沙尘飞扬的景象。⑥惠：顺。⑦莫往莫来：不相往来。⑧曀(yì)：阴云密布又有风的天气。⑨不日：不见太阳。⑩嚏(tì)：打喷嚏。⑪曀(yì)曀：天很阴暗的样子。⑫虺(huǐ)虺：雷声。

【译文】

狂风迅疾猛吹到，对我辱弄又调笑。调戏取笑太胡闹，心中害怕又烦恼。

狂风席卷扬尘埃，是否他肯来我房。一直都不相往来，绵绵相思难相忘。

狂风遮天又蔽地，太阳不见天又阴。长夜失眠难入睡，愿知我思打喷嚏。

天色阴暗黯无光，雷声轰隆隐约鸣。长夜失眠难入睡，希望他能将我思。

击鼓

击鼓其镗[1]，踊跃用兵[2]。土国城漕[3]，我独南行。

从孙子仲[4]，平陈与宋[5]。不我以归[6]，忧心有忡[7]。

爰居爰处[8]？爰丧其马[9]？于以求之[10]？于林之下。

“死生契阔”[11]，与子成说[12]。执子之手，与子偕老。

于嗟阔兮[13]，不我活兮。于嗟洵兮，不我信兮。

【注释】

①镗(tāng)：鼓声。其镗：即“镗镗”。②踊跃：鼓舞。

③土国城漕：卫国大兴土木，筑造漕城。④孙子仲：卫国将领。⑤平：调停。此处指救陈以调和陈宋关系。⑥不我以归：意思是长期不许我回家。⑦有忡（chōng）：忡忡。⑧爰（yuán）：于是。⑨丧：丧失。⑩于以：于何。⑪契阔：聚散。⑫成说：誓约。⑬于嗟：即“吁嗟”，叹词。

【译文】

战鼓擂得咚咚响，官兵积极练武忙。有人修路筑城墙，唯我从军去南方。

跟着统领孙子仲，交好盟国陈与宋。不答应我回卫国，让我心里无限忧愁。

哪里能歇哪里会停？跑了战马去哪寻找？一路追踪去哪找？去那森林之下。

“不管聚散或死活”，我们早已立誓言。让我拉着你的手，与你一起到老。

只怕你我相离别，没有缘分再相见。只怕你我相离别，无法实现那誓言。

凯风

凯风自南[①]，吹彼棘心[②]。棘心夭夭[③]，母氏劬劳[④]。

凯风自南，吹彼棘薪[⑤]。母氏圣善[⑥]，我无令人[⑦]。

爰有寒泉，在浚之下。有子七人，母氏劳苦。

睍睆黄鸟[⑧]，载好其音。有子七人，莫慰母心。

【注释】

①凯风：即夏天的风。②棘：酸枣树。③夭夭：树木娇嫩的样子。④劬（qú）劳：劳累。⑤棘薪：可以当柴烧的酸枣树。⑥圣善：明事理，有美德。⑦令：善。⑧睍睆（xiàn huǎn）：形容鸟鸣声清脆婉转。黄鸟：黄雀。

【译文】

和风从南方吹来，拂过酸枣小树苗。嫩苗长得茁又壮，母亲辛苦善教养。

和风从南方吹来，吹拂枣树长成柴。母亲贤惠又慈祥，我们兄弟不成材。

有寒冷透骨的泉水，就围在浚城墙外。养育儿女七个人，母亲依然很辛劳。

美丽的黄鸟在鸣叫，清脆婉转像唱歌。养育儿女七个人，不能安慰母亲心。

雄雉

雄雉于飞，泄泄①其羽。我之怀矣，自诒伊阻②。
雄雉于飞，下上其音。展矣君子③，实劳我心④。
瞻彼日月，悠悠我思。道之云远，曷云能来。
百尔君子，不知德行。不忮不求⑤，何用不臧⑥。

【注释】

①泄（yì）泄：舒畅地展翅。②自诒（yí）：自寻烦恼。③展：确实。④劳：忧。⑤忮（zhì）：害人，忌恨。⑥臧（zāng）：善。

【译文】

雄雉展翅飞向远方，翩翩扇动花翅膀。苦苦思念心上人，阻隔独自守空房。

雄雉展翅飞向远方，飞上飞下鸣声响。诚实可爱的亲人，忧思苦念情惆怅。

日月更迭岁月长，思念悠悠天地长。道路遥远使人愁，何时才能回故乡？

众多贵族一个样，不做好事无修养。丈夫不妒又不贪，为何没有好结果。

匏有苦叶

匏有苦叶[①]，济有深涉[②]。深则厉[③]，浅则揭[④]。
有弥济盈[⑤]，有鷕雉鸣[⑥]。济盈不濡轨[⑦]，雉鸣求其牡[⑧]。
雝雝鸣雁[⑨]，旭日始旦。士如归妻[⑩]，迨冰未泮。
招招舟子，人涉卬否。人涉卬否，卬须我友。

【注释】

①匏（páo）：葫芦之类的植物。②济：此处指济水。③厉：不解衣涉水。④揭（qì）：提起下衣渡水。⑤弥（mí）：大水茫茫。⑥鷕（yǎo）：野鸡的叫声。⑦濡：沾湿。⑧牡：雄性的野鸡。⑨雝（yōng）雝：大雁的和鸣之声。⑩归妻：娶妻。

【译文】

葫芦瓜有苦味叶，济水深深也能渡。水深连衣慢慢过，浅就提裙快快走。

济河水满白茫茫，岸丛野雉声声唱。济河虽深不湿轴，野雉求偶鸣声传。

又听和鸣大雁声，东方天明日初升。男子如果要娶妻，趁冰未化行婚礼。

船夫挥手摆渡过，别人渡河我不过。别人渡河我不过，我将恋人静静等。

式微

式微式微[①]，胡不归？微君之故[②]，胡为乎中露[③]？
式微式微，胡不归？微君之躬，胡为乎泥中？

【注释】

①微：（日光）衰微，黄昏或天黑。②微：非。故：事。③中露：即露中，露水之中。

【译文】

暮色昏暗天将黑，为何不可回家去？如若不是为了国君，怎会顶风又饮露？

暮色昏暗天将黑，为何不可回家去？如若不是为了国君，怎会泥泞中辛劳？

旄丘

旄丘之葛兮[①]，何诞之节兮[②]？叔兮伯兮[③]，何多日也？

何其处也？必有与也[④]。何其久也？必有以也。

狐裘蒙戎[⑤]，匪车不东[⑥]。叔兮伯兮，靡所与同[⑦]。

琐兮尾兮[⑧]，流离之子[⑨]。叔兮伯兮，褎如充耳[⑩]。

【注释】

①旄（máo）丘：前高后低的土山。②诞：延，长。③叔、伯：此处指卫国诸臣。④与：盟国；一说同“以”，原因。⑤蒙戎：散乱。⑥匪：非。⑦靡：没有。⑧琐：细小。尾：卑微。⑨流离：鸟名，或指枭。⑩褎（yòu）：耷。

【译文】

葛藤长在山坡上，为何它枝节蔓延？叔啊伯啊，为何好久不帮忙？

安心等在家里面？一定是在等待同伴。为什么居留长久？一定有口难言。

我们的狐裘已蓬松，他们的车子还不来。叔啊伯啊，无人关爱我们遇难。

我们渺小又卑微，如鸟儿流离让人怜。叔啊伯啊，充耳不闻让人怨。

简兮

简兮简兮[①]，方将万舞[②]。日之方中，在前上处[③]。

硕人俣俣[4]，公庭万舞。有力如虎，执辔如组[5]。

左手执籥[6]，右手秉翟[7]。赫如渥赭[8]，公言锡爵[9]。

山有榛[10]，隰有苓[11]。云谁之思？西方美人。彼美人兮，西方之人兮。

【注释】

①简：鼓声。②万舞：一种舞蹈形式。③在前上处：此处指舞列的第一名。④俣（yǔ）俣：魁梧健美。⑤辔（pèi）：马缰。⑥籥（yuè）：古乐器，三孔笛。⑦翟（dí）：野鸡尾巴上的羽毛。⑧渥（wò）：厚。⑨锡：通"赐"。⑩榛（zhēn）：榛树。⑪隰（xí）：低下的湿地。

【译文】

鼓声咚咚擂得响，万舞马上就开演。太阳恰好照头顶，舞师此刻排前头。

身材壮美又魁梧，公庭里面当众舞。力大无穷如猛虎，手执缰绳好英武。

左手拿着三孔笛，右手挥舞雉尾毛。脸色红润如赭土，国君赏酒让他去。

榛树生在高山上，苦苓长于低湿地。朝思暮想是为谁？正是西方那美男儿。美男儿已去无踪影，远在西方难传情。

泉水

毖彼泉水[1]，亦流于淇[2]。有怀于卫，靡日不思。娈彼诸姬[3]，聊与之谋[4]。

出宿于泲[5]，饮饯于祢[6]。女子有行[7]，远父母兄弟，问我诸姑，遂及伯姊。

出宿于干，饮饯于言[8]。载脂载舝[9]，还车言迈[10]。遄臻于卫[11]，不瑕有害。

我思肥泉，兹之永叹。思须与漕，我心悠悠。驾言出游，以写我忧[12]。

【注释】

①毖（bì）："泌"的假借字，泉水涌流的样子。②淇：淇水，卫国河名。③娈（luán）：美好的样子。④聊：一说愿，一说姑且。⑤泲（jǐ）：地名。⑥饯（jiàn）：以酒送行。⑦行：指女子出嫁。⑧干、言：均为地名。⑨舝（xiá）：通"辖"，车轴两头的金属键。⑩迈：远行。⑪遄（chuán）：疾速。臻：至。⑫写：通"泻"，排除。

【译文】

泉水清清汩汩流，一直流到淇水头。梦里几次回卫国，没有一日不思念。同姓姑娘真美丽，要和她们细商量。

想起当初宿在泲，喝酒饯行在祢地。姑娘长大要出嫁，远离父母和兄弟。回家问候姑姑们，顺便看看我大姐。

出嫁赴卫宿在干，还在言地饯过行。涂上车油上好轴，回转车头朝卫走。赶到卫国疾又快，估计不会有意外。

思念卫国的肥泉，不禁连声发长叹。想到须邑和漕邑，我心忧郁难开怀。驾好车子去出游，借以宣泄心中愁。

北门

出自北门，忧心殷殷[①]。终窭且贫[②]，莫知我艰。已焉哉！天实为之，谓之何哉[③]！

王事适我[④]，政事一埤益我[⑤]。我入自外，室人交遍谪我[⑥]。已焉哉！天实为之，谓之何哉！

王事敦我[⑦]，政事一埤遗我[⑧]。我入自外，室人交遍摧我[⑨]。已焉哉！天实为之，谓之何哉！

【注释】

①殷殷：十分忧伤。②终：既。窭（jù）：贫窘。③谓：奈何不

得。④王事：此处指有关王室的事务。适（zhì）：掷。⑤政事：公家的事。埤（pí）：增加，增补。益：增加。⑥谪（zhé）：谴责。⑦敦：逼迫。⑧遗：增加。⑨摧：讽刺。

【译文】

慢慢走出北城门，忧心忡忡压心中。生活贫且窘，无人知我辛。唉，老天如此安排，对此我能说什么！

王室差事交给我，公府事更多。忙完回到家，家人多责难。唉，老天如此安排，对此我能说什么！

王室差事做不完，府上差役全给我。忙完回到家，家人全都讥讽我。唉，老天如此安排，对此我能说什么！

北风

北风其凉，雨雪其雱[①]。惠而好我[②]，携手同行。其虚其邪[③]？既亟只且[④]。

北风其喈[⑤]，雨雪其霏。惠而好我，携手同归。其虚其邪？既亟只且。

莫赤匪狐[⑥]，莫黑匪乌。惠而好我，携手同车。其虚其邪？既亟只且。

【注释】

①雨（yù）雪：下雪。雨作动词用。雱（pāng）：雪下得很大的样子。②惠而：爱。③虚、邪：徐缓。④既：已经。⑤喈（jiē）：寒凉。⑥莫赤匪狐：没有不红的狐狸。莫：无、没有。匪：非。

【译文】

飕飕北风周身凉，大雪飞扬满天飘。承蒙恩惠对我好，携起手来一块儿跑。不要犹豫慢腾腾，情况紧急赶紧逃。

北风寒凉来势猛，大雪飘飘白茫茫。承蒙相爱对我好，携手归途路遥远。不要犹豫慢腾腾，情况紧急赶紧逃。

不是红色不是狐，不是黑色不是乌。承蒙恩宠对我好，携手乘车同离去。不要犹豫慢腾腾，情况紧急赶紧逃。

静女

静女其姝①，俟我于城隅②。爱而不见③，搔首踟蹰④。
静女其娈⑤，贻我彤管⑥。彤管有炜⑦，说怿女美⑧。
自牧归荑⑨，洵美且异⑩。匪女之为美，美人之贻。

【注释】

①静女：温柔娴雅的女子。②俟（sì）：等待。③爱而：隐蔽的样子。④踟蹰（chí chú）：徘徊不定。⑤娈：面容姣好。⑥贻（yí）：赠。⑦炜（wěi）：盛明的样子，有光彩。⑧说怿（yuè yì）：即“悦怿”，喜悦。⑨牧：野外。归：借作“馈”，赠。⑩洵（xún）：实在，诚然。

【译文】

姑娘温柔又静雅，约我等在城角旁。有意隐藏不露面，搔头徘徊心紧张。

姑娘漂亮又娴静，送我一束红管草。红管草色光灿灿，更爱姑娘比草美。

送我野外香茅草，诚然美好又珍异。不是香茅本身美，只因是美人相赠。

新台①

新台有泚②，河水弥弥③。燕婉之求④，籧篨不鲜⑤。
新台有洒⑥，河水浼浼⑦。燕婉之求，籧篨不殄⑧。
鱼网之设，鸿则离之⑨。燕婉之求，得此戚施⑩。

【注释】

①新台：地名。②有泚（cǐ）：鲜明的样子。③弥（mí）弥：大水茫茫。④燕婉：安乐、美好。⑤籧篨（qú chú）：原意是粗竹席，比喻生有鸡胸，不能弯腰的人。⑥有洒（cuǐ）：高峻。⑦浼（měi）浼：与“浼浼”意思相近，水满的样子。⑧殄（tiǎn）：同“腆”，善。⑨鸿：蟾蜍。旧解为鸟名，雁之大者。闻一多在《〈诗·新台〉鸿字说》一文中考证鸿就是蛤蟆。⑩戚施：驼背的人。

【译文】

新台光鲜又明亮，河水汤汤流不停。本想嫁个美郎君，遇上丑汉蛤蟆样。

新台高大又雄伟，河水湍急且丰沛。本想嫁个美郎君，嫁个丑汉寿命长。

撒下渔网想捕鱼，一个蛤蟆掉网中。本想嫁个美郎君，谁料蛤蟆丑难挡。

二子乘舟

二子乘舟，汎汎其景[①]。愿言思子[②]，中心养养[③]。

二子乘舟，汎汎其逝。愿言思子，不瑕有害[④]！

【注释】

①汎汎：漂荡的样子。景：通“憬”，远行。②愿：思念。③养（yáng）养：心神不定，烦躁不安。④瑕：训“胡”，“胡”通“无”。

【译文】

你俩乘船走了，船儿漂荡远去。多么思念你呵，心中恋意难消。

你俩乘船走了，船影渐远渐没。多么思念你呵，万莫遭遇灾祸！

鄘风

柏舟

泛彼柏舟，在彼中河。髧彼两髦[①]，实维我仪[②]。之死矢靡它[③]。母也天只[④]，不谅人只[⑤]！

泛彼柏舟，在彼河侧。髧彼两髦，实维我特[⑥]。之死矢靡慝[⑦]。母也天只，不谅人只！

【注释】

①髧（dàn）：头发下垂的样子。②仪：配偶。③之：到。矢：誓。靡它：无二心。④只：语助词。⑤谅：相信。⑥特：与上文的“仪”同义。⑦慝（tè）：改变。

【译文】

柏木小船漂荡着，一直漂到河中间。额前垂发的那少年，实在讨得我心欢。誓死不会变心肠。我的娘呀我的天，为啥对我不谅解！

柏木小船漂荡着，一直漂到大河旁。额前垂发的那少年，才能和我配得上。誓死不会改主意。我的娘呀我的天，为啥对我不宽容！

墙有茨

墙有茨[①]，不可埽也[②]。中冓之言[③]，不可道也[④]。所可道也[⑤]，言之丑也。

墙有茨，不可襄也[⑥]。中冓之言，不可详也[⑦]。所可详也，言之长也。

墙有茨，不可束也。中冓之言，不可读也[⑧]。所可读也，言之辱也。

【注释】

①茨（cí）：蒺藜。②埽：同“扫”。③中冓（gòu）：内室，宫中隐秘之处。④道：说。⑤所：若。⑥襄（xiāng）：除去。⑦详：借作“扬”，传扬。⑧读：说。

【译文】

墙上长蒺藜，不能扫掉呀。宫中秘密话，不可对外人谈。如能说起呀，说出来丢人呀。

墙上长蒺藜，不能除光呀。宫中秘密话，不能详细说呀。如能详细说呀，说来话很长呀。

墙上长蒺藜，不能捆住呀。宫中秘密话，不能说呀。如果能说呀，说来很耻辱呀。

君子偕老

君子偕老[1]，副笄六珈[2]。委委佗佗，如山如河[3]。象服是宜[4]。子之不淑[5]，云如之何[6]！

玼兮玼兮[7]，其之翟也[8]。鬒发如云[9]，不屑髢也[10]。玉之瑱也[11]，象之揥也[12]，扬且之皙也[13]。胡然而天也[14]！胡然而帝也！

瑳兮瑳兮[15]，其之展也[16]，蒙彼绉絺[17]，是绁袢也[18]。子之清扬[19]，扬且之颜也[20]。展如之人兮[21]，邦之媛也！

【注释】

①君子：指卫宣公。②副：妇人的一种首饰。笄（jī）：簪。珈（jiā）：饰玉。③委（wēi）委佗（yí）佗，如山如河：一说举止雍容华贵，像山稳重，似河深沉。一说体态轻盈，如山般蜿蜒，似河般曲折。④象服：镶有珠宝、绘有花纹的礼服。⑤子：指宣姜。⑥如之何：奈之何。⑦玼（cǐ）：花纹绚烂。⑧翟（dí）：绣着山鸡彩羽的象服。⑨鬒（zhěn）：黑发。⑩髢（dí）：假发。⑪瑱（tiàn）：冠冕

上垂在两耳旁的玉。⑫象：象牙。揥（tì）：发钗一类的首饰。⑬扬：额。⑭胡：怎么。⑮瑳（cuō）：玉色鲜丽洁白。⑯展：古代夏天穿的一种纱衣。⑰蒙：覆盖，罩上。⑱绁袢（xiè pàn）：夏天穿的内衣。⑲清：眼神清秀。扬：眉宇宽广。⑳颜：额头，也可指面容、脸色。㉑展：的确。

【译文】

誓与君子到白头，玉簪首饰插遍头。举止娴雅又安然，静像高山动如河，穿上礼服很适合。谁知行为太丑陋，对她真是无话说！

服饰鲜明又绚丽，画羽礼服耀人眼。黑亮头发似云霞，不用假发更美好。美玉耳饰摇晃晃，象牙发钗插头间，额角白净溢光彩。就像天仙降凡间！恍如帝女来人间！

服饰鲜明又绚丽，轻薄细纱做外衣。罩上绉纱如蝉翼，内衣凉爽夏日宜。眉清目秀真好看，容貌艳丽额宽广。仪容妖冶又妩媚，天香国色倾城国！

桑中

爰采唐矣[①]？沬之乡矣[②]。云谁之思？美孟姜矣[③]。期我乎桑中[④]，要我乎上宫[⑤]，送我乎淇之上矣。

爰采麦矣？沬之北矣。云谁之思？美孟弋矣。期我乎桑中，要我乎上宫，送我乎淇之上矣。

爰采葑矣[⑥]？沬之东矣。云谁之思？美孟庸矣。期我乎桑中，要我乎上宫，送我乎淇之上矣。

【注释】

①爰：于何，在哪里。唐：植物名，即菟丝子。一说当读为“棠”，梨的一种。②沬（mèi）：卫邑名，即牧野。③孟姜：姜家的长女。孟：兄弟姊妹排行第一的人。姜与下文的“弋”“庸”一样，都

是贵族的姓氏。④桑中：地名，一说桑林中。⑤上宫：宫室。⑥葑（fēng）：一种菜名，即芜菁。

【译文】

采摘蒙菜在哪里？就在沫邑的郊野。我思念的人是谁？是那美丽动人的孟姜。约我来至桑林中，邀我欢会祠庙上，在那淇水旁边与我告别。

收割麦子在哪里？就在沫邑的北边。我思念的人是谁？是那美丽动人的孟弋。约我来至桑林中，邀我欢会祠庙上，在那淇水旁边与我告别。

采摘芜菁在哪里？就在沫邑的东边。我思念的人是谁？是那美丽动人的孟庸。约我来至桑林里，邀我欢会祠庙上，在那淇水旁边与我告别。

鹑之奔奔

鹑之奔奔[①]，鹊之彊彊[②]。人之无良，我以为兄。

鹊之彊彊，鹑之奔奔。人之无良，我以为君。

【注释】

①奔奔：跳跃奔走。②彊（qiáng）彊：飞翔。

【译文】

鹌鹑双双共跳跃，喜鹊对对齐飞翔。那人不善又无耻，我还尊他为兄长。

喜鹊双双齐欢唱，鹌鹑对对共跳跃。那人不善又无耻，我竟尊他是国君。

定之方中

定之方中[①]，作于楚宫[②]。揆之以日[③]，作于楚室[④]。树之榛栗，椅桐梓漆，爰伐琴瑟。

升彼虚矣[5]，以望楚矣。望楚与堂[6]，景山与京[7]。降观于桑，卜云其吉[8]，终然允臧[9]。

灵雨既零[10]，命彼倌人[11]，星言夙驾[12]，说于桑田[13]。匪直也人[14]，秉心塞渊[15]，騋牝三千[16]。

【注释】

①定：定星，又叫营室星。②楚宫：楚丘的宫殿。③揆（kuí）：测度。日：日影。④楚室：与“楚宫”同义。⑤虚：同“墟”。⑥堂：楚丘旁的堂邑。⑦景：测量。京：高丘。⑧卜：古人烧龟甲察看裂纹以测吉凶。⑨臧：好，善。⑩灵雨：及时雨。零：落。⑪倌人：驾车小臣。⑫星：晴。夙：早上。⑬说（shuì）：通“税”，歇息。⑭匪：犹“彼”。⑮秉心：用心、操心。塞渊：充实、深沉。⑯騋（lái）：七尺以上的马。牝（pìn）：母马。

【译文】

冬月定星照空中，建设楚丘筑新宫。衡量日影测方向，楚丘造房恰开工。房前屋后种榛栗，还有梓漆与椅桐，长成伐作琴瑟用。

登上漕邑废墟上，眺望那楚丘。望完楚丘望堂邑，测量山陵和高冈。走下田地看农桑，占卜征兆显吉祥，结果必然能妥当。

好雨下过乌云散，吩咐驾车小倌人，天晴早点将车赶，歇在桑田劝农耕。他是正直有为人，用心踏实且深远，良马三千可备战。

蝃蝀

蝃蝀在东[1]，莫之敢指。女子有行[2]，远父母兄弟。

朝隮于西[3]，崇朝其雨[4]。女子有行，远兄弟父母。

乃如之人也[5]，怀昏姻也[6]。大无信也[7]，不知命也。

【注释】

①蝃蝀（dì dōng）：彩虹。②有行：指出嫁。③隮（jī）：虹。④崇朝：指从日出到吃早餐的时候。⑤乃如之人：像这样的人。⑥怀：与“坏”通用，有败坏、破坏之意。⑦大：太。信：贞洁。

【译文】

一道彩虹出东方，无人胆敢将它指。一个姑娘出嫁了，远离父母和兄弟。

朝虹出现在西方，一早全是蒙蒙雨。一个姑娘出嫁了，远离兄弟和父母。

就是这样一个人，破坏婚姻好礼仪。什么贞洁全不谈，父母之命也不听啊。

相鼠

相鼠有皮[①]，人而无仪[②]。人而无仪，不死何为！

相鼠有齿，人而无止[③]。人而无止，不死何俟[④]！

相鼠有体，人而无礼。人而无礼，胡不遄死[⑤]！

【注释】

①相：视。②仪：威仪。③止：假借为“耻”。④俟（sì）：等。⑤胡：何。遄（chuán）：速。

【译文】

看那老鼠有张皮，这人行为没威仪。既然行为没威仪，为何还活着不死去！

看那老鼠有牙齿，这人行为无廉耻。既然行为无廉耻，活着不死待何时！

看那老鼠有肢体，这人行为不守礼。既然行为不守礼，何不赶快就死去！

干旄

孑孑干旄[①]，在浚之郊[②]。素丝纰之[③]，良马四之。彼姝者子[④]，何以畀之[⑤]？

孑孑干旟[⑥]，在浚之都[⑦]。素丝组之[⑧]，良马五之。彼姝者子，何以予之？

孑孑干旌[⑨]，在浚之城。素丝祝之[⑩]，良马六之。彼姝者子，何以告之？

【注释】

①孑（jié）孑：高举的样子。干旄（máo）：以牦牛尾饰旗杆，立于车后，以状威仪。②浚：地名。③纰（pí）：连缀。在衣冠或旗帜上镶边。④姝（shū）：美好。⑤畀（bì）：给、予。⑥旟（yú）：画有鸟隼的旗。⑦都：下邑，近城。⑧组：编织。⑨干旌（jīng）：将长尾野鸡毛设于旗干之首。⑩祝："属"的假借字，编连缝合。

【译文】

高高飘扬牦牛旗，郊外驾车行如飞。白色丝线镶旗边，良马四匹后面跟。那位美好的女子啊，该送些什么来给她？

高扬旗上画鸟隼，驾车来到那浚邑。白色丝线织旗上，五匹良马后面跟。那位美好的女子啊，该拿什么来赠予她？

高扬旗上饰鸟羽，驾车已经至城区。白色丝线缝旗上，良马六匹后面跟。那位美好的女子啊，该拿什么来对她说？

载驰

载驰载驱[①]，归唁卫侯[②]。驱马悠悠，言至于漕[③]。大夫跋涉，我心则忧。

既不我嘉[④]，不能旋反。视尔不臧[⑤]，我思不远[⑥]。既不我嘉，不能旋济。视尔不臧，我思不閟[⑦]。

陟彼阿丘，言采其蝱[⑧]。女子善怀[⑨]，亦各有行[⑩]。许人尤之[⑪]，众稚且狂[⑫]。

我行其野，芃芃其麦[⑬]。控于大邦，谁因谁极？

大夫君子，无我有尤。百尔所思，不如我所之。

【注释】

①驰、驱：孔疏："走马谓之驰，策马谓之驱。" ②唁（yàn）：向死者家属表示慰问。卫侯：指已死的卫戴公申，即作者之兄。③漕：地名。④嘉：赞许。⑤视：比较。臧：好、善。⑥远：忘。⑦閟（bì）：同"闭"，闭塞不通。⑧蝱（méng）：贝母草。⑨怀：怀念。⑩行：指道理、准则，一说道路。⑪尤：责怪。⑫众：一说通"终"，既。一说指"众人"，即许地众人。⑬芃（péng）芃：草长得很茂盛的样子。

【译文】

驾起轻车快驰骋，回国慰问我卫侯。挥鞭赶马路途遥，匆匆忙忙到漕邑。大夫跋涉来追赶，我心哀伤又忧愁。

无人赞同我赴卫，哪能返身回许地。你们心地都不善，不是我思不深远。无人赞同我回卫，想要阻止不可能。你们想法都不对，不是我思不谨慎。

攀登上那高山冈，采集贝母解愁肠。女子多愁又善感，各人心里有想法。许国大夫训责我，既是幼稚而张狂。

我在郊野忙行驶，蓬蓬勃勃麦如浪。前往大国找援助，依靠大国来帮忙。

许国大夫君子们，别再反对我主张。你们纵有百般计，不如我跑这一趟。

卫风

淇奥

瞻彼淇奥[①]，绿竹猗猗[②]。有匪君子[③]，如切如磋，如琢如磨。瑟兮僩兮[4]，赫兮咺兮[5]。有匪君子，终不可谖兮[6]。

瞻彼淇奥，绿竹青青。有匪君子，充耳琇莹[7]，会弁如星[8]。瑟兮僩兮，赫兮咺兮。有匪君子，终不可谖兮。

瞻彼淇奥，绿竹如箦[9]。有匪君子，如金如锡，如圭如璧[10]。宽兮绰兮，猗重较兮[11]。善戏谑兮，不为虐兮。

【注释】

①奥：水边深曲的地方。②猗（yī）猗：繁盛而美丽。③匪：通“斐”，有文采。④瑟：仪容庄重。僩（xiàn）：神态威严。⑤咺（xuǎn）：有威仪的样子。⑥谖（xuān）：忘记。⑦充耳：挂在冠冕两旁的饰物，下垂至耳。琇（xiù）莹：似玉的石，用作装饰。⑧会弁（biàn）：指帽子将头发收束得很整齐。⑨箦（zé）：堆积。⑩圭（guī）：玉制的礼器。璧：玉制的礼器，在贵族朝会或祭祀时使用。⑪较：古时车厢两旁作扶手的曲木或铜钩。

【译文】

远望弯弯淇河岸，苍翠竹林片片连。文采奕奕是君子，学问切磋更深通，好像玉石般精琢。神态庄重胸襟广，德行显赫美名播。文采奕奕是君子，一见难忘记在心。

远望弯弯淇河岸，绿竹袅娜连成片。文采奕奕是君子，美丽良玉垂耳边，帽缝镶玉似星火。神态庄重胸襟广，德业显赫美名播。文采奕奕是君子，永远铭记在心中。

远望弯弯淇河岸，绿竹有如栅栏密。文采奕奕是君子，德行精纯如金锡，高贵就像圭和璧。宽厚温柔多美好，斜倚重较在车里。幽默风趣爱谈笑，却不刻薄把人欺。

考槃

考槃在涧[1]，硕人之宽[2]。独寐寤言[3]，永矢弗谖[4]。

考槃在阿[5]，硕人之薖[6]。独寐寤歌[7]，永矢弗过[8]。

考槃在陆[9]，硕人之轴[10]。独寐寤宿，永矢弗告。

【注释】

①考槃（pán）：指避世隐居。②硕人：形象高大丰满的人，更指道德的高尚。③寐寤：两字连用，有过日子的意思。④矢：同“誓”。谖（xuān）：忘却。⑤阿：山阿，山凹进去的地方。一说山坡。⑥迈（kē）：宽大。⑦歌：与第一节的“言”、第三节的“宿”一样，泛指隐居者的行为。⑧过：忘记。⑨陆：高平曰陆。一说土丘。⑩轴：徘徊往复，自由自在。

【译文】

远离尘嚣隐居于山涧之畔，伟岸的形象啊心怀广阔。就算独身孤零零地度日，誓不背离隐居的高洁理想。

远离世俗隐居于山冈之上，伟岸的形象啊心神清朗。就算独身冷清清地度日，誓不遗忘隐居的快乐欢畅。

远离喧闹隐居于黄土高丘，伟岸的形象啊心情豪放。就算独身静悄悄地度日，绝不到处哀告不改变衷肠。

硕人[1]

硕人其颀[2]，衣锦褧衣[3]。齐侯之子[4]，卫侯之妻[5]。东宫之妹[6]，邢侯之姨[7]，谭公维私[8]。

手如柔荑[9]，肤如凝脂[10]。领如蝤蛴[11]，齿如瓠犀[12]。螓首蛾眉[13]，巧笑倩兮[14]，美目盼兮[15]。

硕人敖敖[16]，说于农郊[17]。四牡有骄[18]，朱幩镳镳[19]。翟茀以朝[20]，大夫夙退[21]，无使君劳。

河水洋洋[22]，北流活活[23]。施罛涉涉[24]，鳣鲔发发[25]。葭菼揭揭[26]，庶姜孽孽[27]，庶士有朅[28]。

【注释】

①硕人：高大白胖的美人。②颀（qí）：修长。③褧（jiǒng）：

麻布罩衣。④齐侯：指齐庄公。⑤卫侯：指卫庄公。⑥东宫：太子居处。⑦邢：春秋国名。⑧谭：春秋国名。⑨柔荑（tí）：白茅柔嫩之芽。⑩凝脂：凝结的油脂。⑪蝤蛴（qiú qí）：天牛的幼虫，色白身长。⑫瓠犀（hù xī）：葫芦籽儿，色白，排列整齐。⑬螓（qín）首：形容前额丰满开阔。⑭倩（qiàn）：嘴角现出酒窝好看的样子。⑮盼：眼珠转动，一说眼睛黑白分明。⑯敖敖：修长高大貌。⑰说（shuì）：通"税"，停车。⑱四牡：驾车的四匹雄马。有骄：强壮的样子。"有"是虚字，无实义。⑲朱幩（fén）：用红绸布缠饰的马嚼子。镳（biāo）镳：盛美的样子。⑳翟茀（dí fú）以朝：乘坐以雉羽为饰的车轿去拜见卫庄公。㉑夙退：早早退朝。㉒河水：此处特指黄河。㉓活活：水流声。㉔罛（gū）：大的渔网。涉（huò）涉：撒网入水声。㉕鳣（zhān）：黄鱼。鲔（wěi）：鲟鱼。发（bō）发：鱼尾击水之声。㉖揭揭：很长的样子。㉗孽孽：高大的样子。㉘有朅（qiè）：勇武。

【译文】

美人身材真苗条，身穿锦衣罩布衣。她是齐庄公的女，也是卫庄公娇妻。齐国太子的妹妹，邢国诸侯的小姨，谭公还是她妹夫。

手指纤细像嫩荑，肌肤细滑像脂膏。脖颈雪白像蝤蛴，齿白整齐像瓜子。额角方正眉细弯，微微一笑酒窝生，双眼顾盼似秋波。

美人身材很苗条，停车休息在近郊。四匹雄马多雄壮，红绸挂在马嚼旁。羽饰车驾到王宫，大夫无事早退朝，莫让新人太疲劳。

黄河之水白茫茫，浩荡奔流向北方。撒开渔网沙沙响，黄鱼鳝鱼都进网。初生芦荻长又长，陪嫁姜女尽盛装，陪送男子也雄壮。

氓

氓之蚩蚩[1]，抱布贸丝[2]。匪来贸丝，来即我谋。送子涉淇，至于顿丘。匪我愆期[3]，子无良媒。将子无怒[4]，秋以为期。

乘彼垝垣，以望复关。不见复关，泣涕涟涟。既见复关，载笑载言。尔卜尔筮[5]，体无咎言[6]。以尔车来，以我贿迁。

桑之未落，其叶沃若[7]。于嗟鸠兮，无食桑葚。于嗟女兮，无与士耽[8]。士之耽兮，犹可说也[9]。女之耽兮，不可说也。

桑之落矣，其黄而陨。自我徂尔[10]，三岁食贫。淇水汤汤，渐车帷裳[11]。女也不爽[12]，士贰其行[13]。士也罔极，二三其德[14]。

三岁为妇，靡室劳矣[15]。夙兴夜寐，靡有朝矣。言既遂矣[16]，至于暴矣。兄弟不知，咥其笑矣[17]。静言思之，躬自悼矣。

及尔偕老，老使我怨。淇则有岸，隰则有泮。总角之宴，言笑晏晏，信誓旦旦，不思其反。反是不思，亦已焉哉。

【注释】

①氓：指农民。蚩（chī）蚩：老实的样子。②布：古代货币。③愆（qiān）：延误。④将（qiāng）：愿，请。⑤筮（shì）：用蓍草占卜吉凶。⑥体：卜筮所得卦象。咎言：不吉之言。⑦沃若：像水浸润过一样有光泽。⑧耽：迷恋。⑨说：音义与“脱”同。⑩徂（cú）尔：往。⑪渐（jiān）：沾湿。⑫爽：差错。⑬贰：同“忒”，差错。⑭二三其德：三心二意。⑮室劳：家务劳动。⑯遂：久，一说成。⑰咥（xì）：讥笑。

【译文】

老实农家小伙子，怀抱布匹来换丝。其实不是真换丝，寻找时机谈婚事。送君送过淇水西，到了顿丘情依依。并非我想误佳期，你无媒人缺礼仪。希望你勿发脾气，秋天到了来迎娶。

爬上那垛破土墙，远朝复关凝神望。复关远在云雾中，见不到心上人泪千行。情郎即从复关来，谈笑风生很开心。你去卜卦求神仙，没有凶兆心欢畅。赶着你的车子来，为我搬运好嫁妆。

桑树叶子未落时，茂密嫩绿真好看。哎呀那些斑鸠儿，见了桑葚莫嘴馋。哎呀年轻姑娘们，别对男人情依依。男人要是纠缠你，要丢便丢太容易。女人若是恋男子，想要放下太艰难。

桑树叶子落下了，枯黄憔悴任飘摇。自从嫁到你家来，多年穷苦受贫寒。淇水茫茫送我归，水溅车窗湿又潮。我做妻子没差错，你那行为不像样。反复无常没准则，心口不一坏德行。

婚后多年守妇道，繁重家务不推辞。起早睡晚不怕苦，忙里忙外非一朝。哪知家业已成后，面目渐改施凶暴。兄弟不知我处境，个个见我哈哈笑。静下心来细细想，独自伤神暗流泪。

当初誓言共白头，如今未老心先忧。淇水滔滔终有岸，沼泽虽宽有尽头。忆起少年多欢乐，谈笑之间露温柔。海誓山盟犹在耳，谁知反目竟成仇。违背誓言不顾及，既已终结算了吧！

竹竿

籊籊竹竿①，以钓于淇。岂不尔思？远莫致之。

泉源在左，淇水在右。女子有行，远父母兄弟。

淇水在右，泉源在左。巧笑之瑳[②]，佩玉之傩[③]。

淇水滺滺[④]，桧楫松舟。驾言出游，以写我忧[⑤]。

【注释】

①籊（tì）籊：长而尖的样子。②瑳（cuō）：露齿巧笑状。③傩（nuó）：行动有节奏的样子。④滺（yóu）滺：河水荡漾之状。⑤写：通“泻”，排解。

【译文】

钓鱼竹竿细且长，用它垂钓淇河上。谁说我不思乡？路遥不能回故乡。

泉源汩汩流左边，淇河荡荡流右边。姑娘长大要出嫁，远离家人怎不愁。

淇河荡荡流右边，泉源汩汩流左边。嫣然一笑皓齿露，行动佩玉有节奏。

淇河悠悠日夜流，桧木桨儿柏木舟。只能驾车四处逛，借以消遣解乡愁。

芄兰

芄兰之支[①]，童子佩觿[②]。虽则佩觿，能不我知[③]？容兮遂兮[④]！垂带悸兮[⑤]！

芄兰之叶，童子佩韘[⑥]。虽则佩韘，能不我甲[⑦]？容兮遂兮！垂带悸兮！

【注释】

①芄（wán）兰：草名。亦名萝藦。②觿（xī）：象骨制的解结用具，形同锥。③能：宁，岂。知：接。④容、遂：舒缓悠闲之貌。⑤悸：原指心动，此处指衣带摆动貌。⑥韘（shè）：象骨制的钩弦用具，套于右手拇指，射箭时用于钩弦。⑦甲：借作“狎”，亲昵。

【译文】

芄兰荚实长在枝，有位童子已佩觿。虽然身上已佩觿，可他不知我是谁？看他一本正经相啊！垂着腰带直晃荡！

芄兰枝上叶儿弯，有位童子已戴韘。尽管指上已戴韘，不愿与我把话说？看他一本正经相啊！晃着腰带真装腔！

河广

谁谓河广？一苇杭之[①]。谁谓宋远？跂予望之[②]。

谁谓河广？曾不容刀[③]。谁谓宋远？曾不崇朝[④]。

【注释】

①杭：通“航”，渡过的意思。②跂（qǐ）：踮起脚后跟。予：而。③曾（céng）：乃、竟。刀：通“舠”，小船。④崇朝（zhāo）：从天亮到吃早餐的时间，形容时间很短。

【译文】

谁说黄河宽又广？一条苇筏能启航。谁说宋国太遥远？踮起脚跟就看见。

谁说黄河广又宽？其间难容一小船。谁说宋国太遥远？不用一早就到岸。

伯兮

伯兮朅兮[①]，邦之桀兮[②]。伯也执殳[③]，为王前驱。

自伯之东，首如飞蓬。岂无膏沐[④]？谁适为容[⑤]！

其雨其雨，杲杲出日[⑥]。愿言思伯，甘心首疾！

焉得谖草[⑦]？言树之背[⑧]。愿言思伯，使我心痗[⑨]！

【注释】

①朅（qiè）：英武高大。②桀：同“杰”。③殳（shū）：古兵器。④膏：妇女润发的油脂。⑤适：悦。⑥杲（gǎo）杲：太阳明亮的样子。⑦谖（xuān）草：忘忧草，俗称黄花菜。⑧背：屋子北面。⑨痗（mèi）：忧思成病。

【译文】

我的大哥真威猛，保卫国家是英雄。我的大哥执长殳，为了国君打前锋。

自从大哥去东征，头发散乱像飞蓬。膏脂哪样我没有？为谁打扮我颜容！

就像久旱盼雨来，却出太阳大晴天。一心思念我大哥，想得头痛也心甘。

去哪寻找忘忧草？将它种在屋北面。一心思念我大哥，让我伤心病恹恹。

有狐

有狐绥绥①，在彼淇梁②。心之忧矣，之子无裳③。

有狐绥绥，在彼淇厉④。心之忧矣，之子无带。

有狐绥绥，在彼淇侧。心之忧矣，之子无服。

【注释】

①绥绥：朱熹《诗集传》训为独行求匹貌。 ②梁：桥。 ③之子：这个人。 ④厉：水深及腰，可以涉过之处。

【译文】

有只狐狸找配偶，走在淇水桥上头。我的心中很忧愁，他连衣裳都没有。

有只狐狸找配偶，走在淇水浅滩头。我的心中很忧愁，他连腰带也没有。

有只狐狸找配偶，走在淇水岸上头。我的心中很忧愁，他连外衣也没有。

木瓜

投我以木瓜①，报之以琼琚②。匪报也③，永以为好也。

投我以木桃④，报之以琼瑶。匪报也，永以为好也。

投我以木李[5]，报之以琼玖。匪报也，永以为好也。

【注释】

①木瓜：一种落叶灌木。②琼琚（jū）：美玉，与下面的“琼瑶”“琼玖”意思相同。③匪：非。④木桃：果名，即樝（zhā）子，比木瓜小。⑤木李：果名，即榠樝，又名木梨。

【译文】

送我木瓜，用佩玉报答她。并非回赠想报答，表示永远爱着她。

送我木桃，用美玉回赠她。并非回赠想报答，表示永远爱着她。

送我木李，用宝石回赠她。并非回赠想报答，表示永远爱着她。

王风

黍离

彼黍离离[1]，彼稷之苗[2]。行迈靡靡[3]，中心摇摇[4]。知我者谓我心忧；不知我者谓我何求。悠悠苍天，此何人哉？

彼黍离离，彼稷之穗。行迈靡靡，中心如醉。知我者谓我心忧；不知我者谓我何求。悠悠苍天，此何人哉？

彼黍离离，彼稷之实。行迈靡靡，中心如噎。知我者谓我心忧；不知我者谓我何求。悠悠苍天，此何人哉？

【注释】

①离离：繁茂。②稷（jì）：高粱。③靡靡：行步迟缓貌。④摇摇：形容心神不安。

【译文】

那儿的黍子很繁茂，那儿的高粱长嫩芽。踏上旧地放慢脚，无限愁思压心中。了解我的人说我有忧愁；不了解我的人说我有所求。悠远在上的苍天啊，这究竟是谁造成的？

那儿的黍子很繁茂，那儿的高粱已结穗。踏上旧地放慢脚，心事沉沉昏如醉。了解我的人说我有忧愁；不了解我的人说我有所求。悠远在上的苍天啊，这究竟是谁造成的？

那儿的黍子很繁茂，那儿的高粱结出粒儿。踏上旧地放慢脚，心中郁结塞如梗。了解我的人说我有忧愁；不了解我的人说我有所求。悠远在上的苍天啊。这究竟是谁造成的？

君子于役

君子于役，不知其期。曷至哉？鸡栖于埘[1]，日之夕矣，羊牛下来。君子于役，如之何勿思？

君子于役，不日不月。曷其有佸[2]？鸡栖于桀，日之夕矣，羊牛下括[3]。君子于役，苟无饥渴[4]？

【注释】

①埘（shí）：在墙壁上挖洞做成的鸡舍。②佸（huó）：会。③括：至。④苟：表推测的语气词，大概、也许。

【译文】

我的夫君在外面服役，不知道他的服役期限是多长。何时才能回到家？鸡进窝了，天色已晚，羊和牛从牧地回来了。我的夫君还在外面服役，让人如何不思念？

我的夫君在外面服役，遥不知期无法用日和月去计算。何时才能相聚？鸡栖息在窝里的小木桩上，天色已晚，羊和牛从牧地回来了。我的夫君还在外面服役，希望他不会受饥受渴！

君子阳阳

君子阳阳[1]，左执簧[2]，右招我由房[3]。其乐只且[4]！

君子陶陶[5]，左执翿[6]，右招我由敖[7]。其乐只且！

【注释】

①君子：指舞师。②簧：古乐器名，竹制。③由房：一种房中之乐。④只且：语助词。⑤陶陶：和乐舒畅貌。⑥翿（dāo）：歌舞所用道具，用五彩野鸡羽毛做成，扇形。⑦由敖：舞曲名。

【译文】

舞师喜洋洋，左手握着大笙簧，右手招我奏《由房》。开开心心舞一场！

舞师乐陶陶，左手举起羽毛摇，右手招我奏《由敖》。开开心心齐舞蹈！

扬之水

扬之水[①]，不流束薪[②]。彼其之子[③]，不与我戍申[④]。怀哉怀哉[⑤]，曷月予还归哉[⑥]？

扬之水，不流束楚。彼其之子，不与我戍甫。怀哉怀哉，曷月予还归哉？

扬之水，不流束蒲。彼其之子，不与我戍许。怀哉怀哉，曷月予还归哉？

【注释】

①扬之水：平缓流动之水。②束薪：成捆的柴薪。③彼其：那个。④戍申：在申地边境防守。⑤怀：平安，一说思念、怀念。⑥曷：何。

【译文】

平缓流动的水啊，冲不走成捆的木柴。远方的意中人啊，无法与我驻守申国城寨。思念你啊思念你，何时才可回到故里？

平缓流动的水啊，也漂不起成捆的柴草。远方的意中人啊，无法与我守卫甫国城堡。思念你啊思念你，何时才可回到故里？

平缓流动的水啊，漂不走成捆的柳枝。远方的意中人啊，无法与我守卫许国城池。思念你啊思念你，何时才可回到故里？

中谷有蓷

中谷有蓷[①]，暵其干矣[②]。有女仳离[③]，嘅其叹矣。嘅其叹矣，遇人之艰难矣！

中谷有蓷，暵其脩矣[④]。有女仳离，条其歗矣[⑤]。条其歗矣，遇人之不淑矣！

中谷有蓷，暵其湿矣[⑥]。有女仳离，啜其泣矣。啜其泣矣，何嗟及矣！

【注释】

①中谷：同“谷”中，山谷之中。蓷（tuī）：益母草。②暵（hàn）：干枯。③仳（pǐ）离：妇女被夫家抛弃逐出，后世亦作离婚讲。④脩：干燥。⑤条：失意的样子。歗（xiào）：同“啸”。⑥湿：将要晒干的样子。

【译文】

山中长着益母草，根儿叶儿都枯槁。有位女子被抛弃，抚胸长叹真苦恼。抚胸长叹真苦恼，嫁人嫁得太糟糕！

山中长着益母草，根儿叶儿都干燥。有位女子被抛弃，唉声长叹很失意。唉声长叹很失意，不幸遇到负心汉！

山中长着益母草，干黄根叶要枯死。有位女子被抛弃，一阵抽泣心伤痛。一阵抽泣心伤痛，追悔莫及与谁说！

兔爰

有兔爰爰[①]，雉离于罗[②]。我生之初，尚无为[③]；我生之后，逢此百罹[④]。尚寐无吪[⑤]！

有兔爰爰，雉离于罦[⑥]。我生之初，尚无造[⑦]；我生之后，逢此百忧。尚寐无觉[⑧]！

有兔爰爰，雉离于罿[⑨]。我生之初，尚无庸[⑩]；我生之后，逢此百凶。尚寐无聪！

【注释】

①爰（yuán）："缓"之借用，逍遥自在的样子。②离：同"罹"，陷，遭难。③为：指徭役。④罹（lí）：忧。⑤吪（é）：行动。⑥罦（fú）：一种装设机关的网，能捕鸟兽。⑦造：指劳役。⑧觉：清醒。⑨罿（tóng）：捕鸟兽的网。⑩庸：指劳役。

【译文】

野兔自在逍遥，山鸡落网凄惨。在我小的时候，人们无须服兵役；在我成年以后，各种苦难竟聚集。长睡但将嘴闭起！

野兔自在逍遥，山鸡落网悲戚。在我小的时候，人们无须服徭役；在我成年以后，各种忧患都经历。长睡但将眼合起！

野兔自在逍遥，山鸡落网战栗。在我小的时候，人们无须服劳役；在我成年以后，各种灾祸来相逼。长睡但将耳塞起！

葛藟

绵绵葛藟[①]，在河之浒[②]。终远兄弟[③]，谓他人父。谓他人父，亦莫我顾！

绵绵葛藟，在河之涘。终远兄弟，谓他人母。谓他人母，亦莫我有[④]！

绵绵葛藟，在河之漘。终远兄弟，谓他人昆[⑤]。谓他人昆，亦莫我闻[⑥]！

【注释】

①绵绵：连绵不绝。葛藟（lěi）：葛藤。②浒（hǔ）：水边。与下文“涘（sì）”“漘（chún）”同义。③终：既，已。④有（yòu）：通“佑”，帮助。⑤昆：兄。⑥闻（wèn）：通“问”。

【译文】

葛藤缠绕绵又长，蔓延在那河湾旁。兄弟骨肉已离散，喊人阿爸心悲凉。喊人阿爸心悲凉，也无人会来管我。

葛藤缠绕绵又长，蔓延在那河水边。兄弟骨肉已离散，喊人阿妈心悲凉。喊人阿妈心悲凉，她也不会来慈爱。

葛藤缠绕绵又长，蔓延在那河滩旁。兄弟骨肉已离散，喊人哥哥心悲凉。喊人哥哥心悲凉，他也只当没听见。

采葛

彼采葛兮，一日不见，如三月兮。
彼采萧兮[①]，一日不见，如三秋兮。
彼采艾兮，一日不见，如三岁兮。

【注释】

①萧：植物名。有香气，古时用于祭祀。

【译文】

那个采葛的姑娘啊，一日未见，就像过了三个月啊。
那个采蒿的姑娘啊，一日未见，就像过了三个秋啊。
那个采艾的姑娘啊，一日未见，就像过了三年啊。

大车

大车槛槛[①]，毳衣如菼[②]。岂不尔思？畏子不敢。
大车啍啍[③]，毳衣如璊[④]。岂不尔思？畏子不奔。
穀则异室[⑤]，死则同穴。谓予不信，有如皦日[⑥]！

【注释】

①槛（kǎn）槛：车轮的响声。②毳（cuì）：毡子。菼（tǎn）：芦苇的一种。此处以之喻毳的颜色。③啍（tūn）啍：重滞徐缓的样子。④璊（mén）：红色美玉，此处喻红色车篷。⑤穀（gǔ）：活着。⑥皦（jiǎo）：同“皎”，白。

【译文】

大车奔驰声隆隆，车篷色绿如荻苗。难道我不思念你？怕你不敢来相逢。

大车行路迟又缓，红色毛毡做车篷。难道我不思念你？怕你不敢来相随。

活着虽然居两处，死后要埋一坟中。如果你还不信我，对着太阳许誓言！

丘中有麻

丘中有麻[①]，彼留子嗟[②]。彼留子嗟，将其来施[③]。

丘中有麦，彼留子国[④]。彼留子国，将其来食。

丘中有李，彼留之子。彼留之子，贻我佩玖[⑤]。

【注释】

①麻：大麻，古时种植以其皮织布做衣。②留：留下。③施（yì）：慢行貌，一说高兴貌。④国：助词。⑤玖（jiǔ）：玉一类的美石。

【译文】

记住那土坡上一片大麻，那里留着郎的深情。那里留着郎的深情啊，还能看到郎缓慢的步伐。

记住那土坡上一片麦田，那里留着郎的爱意缠绵。那里留着郎的爱意缠绵啊，还会同郎再相会。

记住那土坡上一片李树林，那里记着郎的真心。那里记着郎的真心啊，他赠送了我美丽的佩玉。

郑风

缁衣

缁衣之宜兮[①]，敝[②]，予又改为兮。适子之馆兮[③]，还，予授子之粲兮[④]。

缁衣之好兮，敝，予又改造兮。适子之馆兮，还，予授子之粲兮。

缁衣之席兮[⑤]，敝，予又改作兮。适子之馆兮，还，予授子之粲兮。

【注释】

①缁（zī）衣：黑色的衣服。②敝：坏。③适：往。馆：官舍。④粲（càn）：形容新衣鲜明的样子。⑤席（xí）：宽大舒适。

【译文】

黑色朝服多合身啊，破了，我再为你做一身。你到官署办公去啊，回来，我给你新衣穿上身。

黑色朝服多美好啊，破了，我再为你做一套。你到官署办公去啊，回来，我给你新衣穿上身。

黑色朝服多舒适啊，破了，我再为你做一件。你到官署办公去啊，回来，我给你新衣穿上身。

将仲子

将仲子兮[①]！无踰我里[②]，无折我树杞[③]。岂敢爱之[④]？畏我父母。仲可怀也，父母之言，亦可畏也！

将仲子兮！无踰我墙，无折我树桑。岂敢爱之？畏我诸兄。仲可怀也，诸兄之言，亦可畏也！

将仲子兮！无踰我园，无折我树檀。岂敢爱之？畏人之多言。仲可怀也，人之多言，亦可畏也！

【注释】

①仲子：相当于二哥。②踰：同"逾"，翻越。③树：种植。杞（qǐ）：树名。④爱：吝惜。

【译文】

拜托了！我的仲子，别翻越我家门户，别弄坏我种的杞树。不是舍不得杞树呵，我是担心父母。仲子你着实让我牵挂，可父母的话，也让我害怕。

拜托了！我的仲子，别翻越我家围墙，别弄坏我种的绿桑。不是舍不得桑树呵，我是担心兄长。仲子你着实让我牵挂，可兄长的话，也让我害怕。

拜托了！我的仲子，别越过我家菜园，别弄坏我种的青檀。不是舍不得檀树呵，我是害怕邻人的流言。仲子你着实让我牵挂，但邻人的流言，也让我害怕。

叔于田

叔于田[①]，巷无居人。岂无居人？不如叔也，洵美且仁[②]。

叔于狩，巷无饮酒。岂无饮酒？不如叔也，洵美且好。

叔适野，巷无服马[③]。岂无服马？不如叔也，洵美且武。

【注释】

①叔：古代兄弟次序为伯、仲、叔、季，年岁较小者统称为叔，此处指年轻的猎人。②洵（xún）：的确。③服马：骑马之人。一说用马驾车。

【译文】

三哥在田猎，巷里空空不见人。并非真的不见人，无人能和三哥比，实在俊美又谦仁。

三哥打猎在冬季，巷里无人在喝酒。并非真无人喝酒，无人可与三哥比，如此有为又聪秀。

三哥打猎在郊外，巷里再无人骑马。并非真无人骑马，无人能与三哥比，英俊勇武人人夸。

大叔于田

叔于田①，乘乘马②。执辔如组③，两骖如舞④。叔在薮⑤，火烈具举⑥。襢裼暴虎⑦，献于公所。将叔无狃⑧，戒其伤女。

叔于田，乘乘黄。两服上襄⑨，两骖雁行。叔在薮，火烈具扬。叔善射忌，又良御忌⑩。抑罄控忌⑪，抑纵送忌⑫。

叔于田，乘乘鸨⑬。两服齐首，两骖如手。叔在薮，火烈具阜⑭。叔马慢忌，叔发罕忌。抑释掤忌⑮，抑鬯弓忌⑯。

【注释】

①田：同"畋"，打猎。②乘（chéng）乘（shèng）马：驾着拉一乘车的四马。古时一车四马叫一乘。③组：织带平行排列的经线。④骖（cān）：驾车的四马中外侧两边的马。⑤薮（sǒu）：多草木的沼泽地带。⑥烈："迾"的假借。火迾指打猎时放火烧草，截断野兽的逃路。⑦襢裼（tǎn tì）：脱衣袒身。暴：通"搏"。⑧狃（niǔ）：反复地做，此处指猎手自以为技术熟练而心生大意。⑨服：驾车的四马中间的两匹。襄：同"骧"，奔马抬起头。⑩忌：作语尾助词。⑪罄（qìng）控：勒马使缓行或停步。⑫纵送：放马奔跑。⑬鸨（bǎo）：有黑白杂毛的马。⑭阜：旺盛。⑮掤（bīng）：箭筒盖。⑯鬯（chàng）：弓囊，此处用作动词。

【译文】

三哥打猎踏征程，驾起大车四马奔。手拉缰绳如执组，骖马整齐像跳舞。三哥驾车深草地，四面猎火截兽路。赤手空拳斗猛虎，打来献去郑公府。三哥请勿太轻率，谨防老虎伤肌肤。

三哥打猎踏征程，驾车四马毛色黄。服马马头高抬起，骖马整齐像雁行。三哥驾车深草地，四面猎火烧得旺。三哥射箭箭法准，驾起车来也擅长。勒马止步弯下腰，纵马奔驰松马缰。

三哥打猎踏征程，驾车四马杂色毛。服马齐头又并进，骖马如手双协调。三哥驾车深草地，四面猎火熊熊烧。马儿行进慢悠悠，放箭渐少无禽兽。解开箭筒箭收起，拉过弓袋弓放好。

清人

清人在彭[①]，驷介旁旁[②]。二矛重英[③]，河上乎翱翔。
清人在消[④]，驷介麃麃[⑤]。二矛重乔[⑥]，河上乎逍遥。
清人在轴[⑦]，驷介陶陶[⑧]。左旋右抽[⑨]，中军作好[⑩]。

【注释】

①清：郑国之邑。彭：郑国地名，在黄河边上。②旁旁：马强壮有力貌。③重英：两层矛上的缨饰。④消：黄河边上的郑国地名。⑤麃（biāo）麃：英勇威武貌。⑥乔：借为“鷮（jiāo）”，长尾野鸡，此指以鷮羽为矛缨。⑦轴：地名。⑧陶陶：驱驰之貌。⑨旋：转。抽：拔刀。⑩中军：古三军为上军、中军、下军，中军之将为主帅。作好：指武艺高强。

【译文】

清邑的军队驻守彭地，驷马披甲真强壮。两矛装饰重缨络，河边悠闲多欢畅。

清邑的军队驻守消地，驷马披甲真威武。两矛装饰野鸡毛，河边闲逛真逍遥。

清邑的军队驻守轴地，驷马披甲如风跑。身子左转右抽刀，将军练武姿态好。

羔裘

羔裘如濡[①]，洵直且侯[②]。彼其之子，舍命不渝[③]。

羔裘豹饰[④]，孔武有力。彼其之子，邦之司直[⑤]。

羔裘晏兮[⑥]，三英粲兮[⑦]。彼其之子，邦之彦兮[⑧]。

【注释】

①羔裘：羔羊皮裘，古大夫的朝服。濡（rú）：柔软而有光泽。②洵（xún）：信，诚然，的确。侯：美。③渝：改变。④豹饰：用豹皮装饰皮袄的袖口。⑤司直：负责劝谏君主过失的官吏。⑥晏：鲜盛貌。⑦三英：装饰袖口的三道豹皮镶边。⑧彦：才德出众之人。

【译文】

羔羊皮袍真柔滑，为人正直又美好。他是这样一个人，舍出生命保持节操。

羔羊皮袍袖口豹，为人威武有毅力。他是这样一个人，国家司直有正义。

羔羊皮袍光又鲜，三道豹皮更鲜艳。他是这样一个人，堪称国家真贤良。

遵大路

遵大路兮！掺执子之祛兮[①]。无我恶兮，不寁故也[②]！

遵大路兮！掺执子之手兮。无我魗兮[③]，不寁好也[④]！

【注释】

①掺（shǎn）：执。祛（qū）：袖口。②寁（jié）：迅速。③魗（chǒu）：弃。④好（hào）：相。

【译文】

沿着大路跟你走啊！手儿拉着你衣袖啊。莫要和我来生气啊，不念旧情把手分啊！

沿着大路跟你走啊！紧紧抓着你的手啊。不要嫌弃将我丢啊，不念旧情把手分啊！

女曰鸡鸣

女曰：“鸡鸣。”士曰：“昧旦[①]。”“子兴视夜[②]，明星有烂[③]。”“将翱将翔，弋凫与雁[④]。”

“弋言加之[⑤]，与子宜之[⑥]。宜言饮酒，与子偕老。琴瑟在御[⑦]，莫不静好[⑨]。”

“知子之来之[⑧]，杂佩以赠之。知子之顺之，杂佩以问之[⑨]。知子之好之，杂佩以报之。”

【注释】

①昧旦：天色将明未明之际。②兴：起。③明星：即星明，星光明亮。④弋（yì）：用生丝做绳，系在箭上射鸟。凫（fú）：野鸭。⑤加：射中。⑥宜：即“肴”，烹饪菜肴。⑦御：用、弹奏。⑧来：殷勤体贴之意。⑨问：赠送。

【译文】

妻说：“公鸡打鸣了。”夫说：“天色还没亮。”“不信推窗看天上，启明星儿在闪光。”“宿巢鸟雀将翱翔，去射野鸭和大雁。”

“射中野鸭与大雁，与你一同做美餐。共享佳肴饮美酒，白头偕老永恩爱。弹琴鼓瑟相唱和，生活安宁又美好。”

“知你对我真关爱，把我佩饰送给你。我知你心善体贴，将我佩饰送给你。知你对我真恩爱，送我佩饰回报你。”

有女同车

有女同车，颜如舜华[①]。将翱将翔，佩玉琼琚[②]。彼美孟姜[③]，洵美且都[④]。

有女同行，颜如舜英。将翱将翔，佩玉将将。彼美孟姜，德音不忘。

【注释】

①舜华：植物名，即木槿花。②琼琚：美玉。③孟姜：毛传："齐之长女。"排行最大的称孟，姜则是齐国的国姓。后世孟姜也用作美女的通称。④洵：确实。都：娴雅。

【译文】

有位女子与我同车，脸蛋就像木槿花开放。跑啊跑啊像要飞翔，身上佩的美玉莹润闪亮。美丽的女子不一般，真正是美丽又漂亮。

有位女子与我同车，脸儿若木槿花水灵灵。跑啊跑啊像要飞翔，身上的玉佩锵锵作响。美丽的女子真多情，美好品德记我心。

山有扶苏

山有扶苏[①]，隰有荷华[②]。不见子都[③]，乃见狂且[④]。

山有桥松[⑤]，隰有游龙[⑥]，不见子充[⑦]，乃见狡童[⑧]。

【注释】

①扶苏：树木名。②隰（xí）：洼地。③子都：古代美男子。④狂：狂妄的人。⑤桥：通"乔"，高大。⑥游龙：水草名。即水荭。⑦子充：古代良人名。⑧狡童：狡狯的少年。

【译文】

山上扶苏多枝丫，低水池里开荷花。不见子都美男子啊，偏遇你这小狂徒。

山上青松真挺拔，低洼池中生水荭。不见子充好男儿啊，偏遇滑头小冤家。

萚兮

萚兮萚兮[①]，风其吹女[②]。叔兮伯兮，倡予和女[③]。

萚兮萚兮，风其漂女[④]。叔兮伯兮，倡予要女[⑤]。

【注释】

①萚（tuò）：脱落的木叶。②女（rǔ）：同“汝”。③倡：同“唱”。④漂：同“飘”。⑤要（yāo）：指歌的收腔。

【译文】

枯叶呀枯叶，风儿吹动着你。兄弟们呀，我来唱歌你们和！

枯叶呀枯叶，风儿吹着你飘。兄弟们呀，我唱你和约明朝！

狡童

彼狡童兮，不与我言兮。维子之故[①]，使我不能餐兮。

彼狡童兮，不与我食兮。维子之故，使我不能息兮。

【注释】

①维：因为。

【译文】

狡猾的少年啊，不愿再和我说话啊。就是因为你啊，让我吃不下饭。

狡猾的少年啊，不愿与我同吃饭啊。就是因为你啊，让我睡不着觉。

褰裳

子惠思我[①]，褰裳涉溱[②]。子不我思[③]，岂无他人？狂童之狂也且[④]！

子惠思我，褰裳涉洧[5]。子不我思，岂无他士？狂童之狂也且！

【注释】

①惠：见爱，即爱我。②褰（qiān）裳：提起下衣。溱（zhēn）：郑国水名。③不我思：不思念我。④狂童：谑称，犹言“傻小子”。⑤洧（wěi）：郑国水名。

【译文】

你若爱我想念我，提着衣襟过溱河。你若不想我，怎会无人想？傻小子呀真是傻！

你若爱我想念我，提着衣襟过洧水。你若不想我，岂无他人想？傻小子呀真是傻！

丰

子之丰兮[1]！俟我乎巷兮[2]！悔予不送兮[3]！
子之昌兮[4]！俟我乎堂兮！悔予不将兮[5]！
衣锦褧衣[6]，裳锦褧裳。叔兮伯兮！驾予与行。
裳锦褧裳，衣锦褧衣。叔兮伯兮！驾予与归。

【注释】

①丰：丰满、标致。②俟（sì）：等候。③送：从行。④昌：健壮。⑤将：同行。⑥衣：作动词用，穿。褧（jiǒng）衣：用绢或麻纱制作的罩衫。

【译文】

你的容颜真丰润！巷口等我去成婚！我真后悔没跟从！

你的身体多魁伟！堂上等我去结亲！我真后悔未相随！

锦缎嫁衣身上穿，外披薄薄纱罩衫。迎亲之人快点来！驾车接我将路赶。

外披薄薄纱罩衫，锦缎嫁衣身上穿。迎亲之人快点来！驾车接我去你家。

东门之墠

东门之墠[1]，茹藘在阪[2]。其室则迩[3]，其人甚远。
东门之栗，有践家室[4]。岂不尔思，子不我即。

【注释】

①墠（shàn）：土坪，铲平的地。②茹藘（rú lǘ）：茜草。③迩（ěr）：近。④有践：同“践践”，行列整齐的样子。

【译文】

东门附近广场大，茜草在那山坡长。你家离我咫尺近，而人却似在天涯。

东门附近种板栗，那儿有个好人家。哪会对你不思念，为啥不来接近我。

风雨

风雨凄凄，鸡鸣喈喈[1]，既见君子。云胡不夷[2]。
风雨潇潇，鸡鸣胶胶[3]。既见君子，云胡不瘳[4]。
风雨如晦，鸡鸣不已。既见君子，云胡不喜。

【注释】

①喈（jiē）喈：鸡鸣声。②夷：平，此处指心中平静。③胶（jiāo）胶：或作“嘐嘐”，鸡鸣声。④瘳（chōu）：病愈，此处是指愁思满怀的心病消除。

【译文】

风雨凄凄天阴冷，窗外鸡鸣报五更。风雨之时见夫君，我又怎会不心安。

风雨潇潇天气冷，窗外鸡鸣报天明。风雨之时见夫君，我又怎会再愁思。

风雨交加天地暗，窗外鸡鸣还未息。风雨之时见夫君，心里怎会不欢喜。

子衿

青青子衿[①]，悠悠我心。纵我不往，子宁不嗣音[②]？

青青子佩[③]，悠悠我思。纵我不往，子宁不来？

挑兮达兮[④]，在城阙兮。一日不见，如三月兮！

【注释】

①衿：襟，衣领。②嗣音：传音讯。③佩：这里指系佩玉的绶带。④挑、达：走来走去的样子。也作“佻、㒓”。

【译文】

青青你衣领，悠悠我心境。就算我不曾去见你，难道你就从此无音信？

青青你佩带，悠悠我情怀。就算我不曾去见你，难道你不可以主动来？

来来往往望眼欲穿，在这高高城楼上啊。一天未见到你面，好似已有三月长！

扬之水

扬之水[①]，不流束楚。终鲜兄弟[②]，维予与女。无信人之言，人实迋女。

扬之水，不流束薪。终鲜兄弟，维予二人。无信人之言，人实不信。

【注释】

①扬：激扬。②鲜（xiǎn）：缺少。

【译文】

激扬的流水没有劲，不能漂走成捆荆。我娘家没有兄弟来撑腰，只有你我结同心。莫去相信人闲话，别人骗你有花样。

激扬的河水流过来，不能漂走成捆柴。我娘家没有兄弟来关怀，只有我二人相关爱。莫去相信人闲话，他人言语不可靠。

出其东门

出其东门[①]，有女如云。虽则如云，匪我思存。缟衣綦[②]巾，聊乐我员[③]。

出其闉阇[④]，有女如荼[⑤]。虽则如荼，匪我思且。缟衣茹藘[⑥]，聊可与娱。

【注释】

①东门：城东门。②缟（gǎo）：白色。綦（qí）巾：暗绿色头巾。③聊：愿。员：同“云”，语助词。④闉阇（yīn dū）：外城门。⑤荼（tú）：茅花，白色。⑥茹藘（rú lǘ）：茜草，其根可制作绛红色染料，此指绛红色蔽膝。

【译文】

漫步城东门，女子多如云。尽管多如云，并非心上人。只有那素衣绿头巾，让我爱在心。

漫步城门外，女子多似花。虽然美如花，也非我所思。只有那素衣红佩巾，才是我最爱。

野有蔓草

野有蔓草[①]，零露漙兮[②]。有美一人，清扬婉兮[③]。邂逅相遇，适我愿兮。

野有蔓草，零露瀼瀼[④]。有美一人，婉如清扬。邂逅相遇，与子偕臧[⑤]。

【注释】

①蔓（wàn）：蔓延生长的草。②漙（tuán）：形容露水很多。③清扬：此处形容眉目漂亮传神。④瀼（ráng）：形容露水很浓。⑤臧：通“藏”，藏匿。

【译文】

郊野蔓草青翠，点缀晶莹露珠。有位美丽女子，眉清目秀真动人。有缘今日巧相遇，情投意合得我心。

郊野蔓草如茵，露水浓密晶莹。有位漂亮女子，眉目清秀又多情。有缘今日巧偶遇，与你携手且同行。

溱洧

溱与洧[①]，方涣涣兮[②]。士与女[③]，方秉蕑兮[④]。女曰："观乎？"士曰："既且[⑤]。""且往观乎！"洧之外，洵訏且乐[⑥]。维士与女，伊其相谑，赠之以勺药。

溱与洧，浏其清矣[⑦]。士与女，殷其盈矣。女曰："观乎？"士曰："既且。""且往观乎？"洧之外，洵訏且乐。维士与女，伊其将谑[⑧]，赠之以勺药。

【注释】

①溱（zhēn）、洧（wěi）：郑国二水名。②涣涣：河水解冻后的奔腾之貌。③士与女：此处泛指男男女女。④秉：执。蕑（jiān）：一种兰草。⑤且（cú）：同"徂"，去、往。⑥洵（xún）：诚然、确实。訏（xū）：广阔。⑦浏：水深而清之状。⑧将：即"相"。

【译文】

溱水洧水向东流，三月冰融水上涨。男男女女来春游，手握兰草求吉祥。姑娘想要去看看，小伙回答已去过。再去看看又怎样？看那洧水河滩外，确实好玩又舒畅。小伙姑娘喜洋洋，尽情嬉笑心花放，互送芍药表情长。

溱水洧水流向东，三月冰融水清凉。男男女女来春游，人山人海满河边。姑娘想要去看看，小伙回答已去过。再去看看又怎样？看那洧水河滩外，确实好玩又舒畅。小伙姑娘喜洋洋，尽情嬉笑心花放，互送芍药表情长。

齐风

鸡鸣

"鸡既鸣矣，朝既盈矣[①]。""匪鸡则鸣[②]，苍蝇之声。"

“东方明矣，朝既昌矣[3]。”“匪东方则明，月出之光。”

“虫飞薨薨[4]，甘与子同梦。”“会且归矣[5]，无庶予子憎[6]。”

【注释】

①朝既盈矣：上朝堂的官员已满。②匪：同“非”。③昌：盛，意指人多。④薨（hōng）薨：飞虫的振翅声。⑤会：会朝、上朝。⑥无庶：同“庶无”。庶：希望。

【译文】

“公鸡喔喔已鸣叫，大家都已去早朝。”“那才不是公鸡叫，是那苍蝇嗡嗡闹。”

“东方微微已经亮，官员已经满朝堂。”“那才不是东方亮，是那一片明月光。”

“虫声嗡嗡让人睡，乐意与你温好梦。”“上朝官员快散啦，别招人厌说短长！”

还

子之还兮[1]，遭我乎猺之间兮[2]。并驱从两肩兮[3]，揖我谓我儇兮[4]。

子之茂兮[5]，遭我乎猺之道兮。并驱从两牡兮[6]，揖我谓我好兮。

子之昌兮[7]，遭我乎猺之阳兮。并驱从两狼兮，揖我谓我臧兮[8]。

【注释】

①还：轻捷貌。②猺（náo）：齐国山名。③肩：借为“豜（jiān）”，大兽。④儇（xuān）：轻快便捷。⑤茂：美，此处指善猎。⑥牡：公兽。⑦昌：指强有力。⑧臧（zāng）：善，好。

【译文】

你是那么敏捷啊，同我相遇猺山间。并马追赶两大兽，作揖夸我好身手。

你的猎技多精湛，同我相遇猺山道。并马追赶两公兽，作揖夸我本领好。

你是那样勇敢啊，同我相遇猺山南。并马追赶两只狼，作揖夸我技艺善。

著

俟我于著乎而[①]，充耳以素乎而，尚之以琼华乎而[②]！

俟我于庭乎而，充耳以青乎而，尚之以琼莹乎而！

俟我于堂乎而，充耳以黄乎而，尚之以琼英乎而！

【注释】

①著：古代富贵人家正门内有屏风，正门与屏风之间叫著。②尚：加上。

【译文】

等我就在屏风前，帽垂白丝带在耳边，还有美玉多明艳！

等我就在庭院里，帽垂青丝带在耳际，还有美玉多漂亮！

等我就在厅堂上，帽垂黄丝带在耳旁，还有美玉多增光！

东方之日

东方之日兮，彼姝者子[①]，在我室兮。在我室兮，履我即兮[②]。

东方之月兮，彼姝者子，在我闼兮[③]。在我闼兮，履我发兮[④]。

【注释】

①姝（shū）：貌美。②履：放轻脚步。即：接近。③闼（tà）：内门。④发：走去，指蹑步相随。

【译文】

太阳升起在东方，有位女子真漂亮，来到我家在我房。来到我家在我房，踩在我的膝头上。

月亮升起在东方，有位女子真漂亮，来到我家内门里。来到我家内门里，踩在我的脚跟前。

东方未明

东方未明，颠倒衣裳[1]。颠之倒之，自公召之。

东方未晞[2]，颠倒裳衣。倒之颠之，自公令之。

折柳樊圃[3]，狂夫瞿瞿[4]。不能辰夜，不夙则莫。

【注释】

①衣裳：古时上衣叫衣，下衣叫裳。②晞（xī）："昕"的假借，破晓，天刚亮。③樊：即"藩"，篱笆。圃：菜园。④狂夫：指监工。瞿（jù）瞿：瞪视貌。

【译文】

东方尚未露曙光，颠倒衣裤乱穿上。为啥颠倒衣裤乱穿上，公家召唤太匆忙。

东方尚未露晨曦，颠倒衣裤乱穿上。为啥颠倒衣裤乱穿上，公家命令太焦急。

折下柳条围篱笆，临走还要瞪眼望。不分白天和黑夜，早出晚归真作孽。

南山

南山崔崔[1]，雄狐绥绥[2]。鲁道有荡，齐子由归[3]。既曰归止，曷又怀止？

葛屦五两[4]，冠緌双止[5]。鲁道有荡，齐子庸止。既曰庸止，曷又从止？

艺麻如之何[6]？衡从其亩。取妻如之何？必告父母。既曰告止，曷又鞠止[7]？

析薪如之何？匪斧不克。取妻如之何？匪媒不得。既曰得止，曷又极止？

【注释】

①南山：齐国山名。崔崔：山势高峻状。②绥（suí）绥：缓缓行走的样子。③齐子：齐国的女儿。由归：从这儿出嫁。④葛屦（jù）：麻、葛等制成的单底鞋。⑤緌（ruí）：帽带下垂的部分。⑥艺：种植。⑦鞠（jū）：放任无束。

【译文】

南山巍峨又高峻，雄狐缓步慢行走。鲁国大道坦又阔，文姜由这嫁他人。既然她嫁给鲁君，为何你还思念她？

葛布麻鞋成双对，冠帽结带也一双。鲁国大道坦又阔，公主从此嫁人郎。既然她贵为国母，为何眷恋着故乡？

种麻该当如何种？纵横耕耘有说法。娶妻应该如何娶？定要先和父母议。既然已经告宗庙，为何还要放纵她？

劈柴应当怎样做？没有利斧行不通。娶妻应该如何娶？少了媒人就不行。既然姻缘已结下，为何让她到娘家？

甫田

无田甫田[①]，维莠骄骄[②]。无思远人，劳心忉忉[③]。

无田甫田，维莠桀桀。无思远人，劳心怛怛。

婉兮娈兮[④]。总角丱兮。未几见兮，突而弁兮[⑤]。

【注释】

①无田甫田：不要耕种大田。②莠（yǒu）：狗尾草。③忉（dāo）忉：心有所失的样子。④婉、娈：毛传：“婉娈，少好貌。”⑤弁（biàn）：成人的帽子。

【译文】

大田宽广不能耕，野草高高太旺盛。不要思念远方人，惆怅难过心烦闷。

大田宽广不能耕，野草浓密长势旺。不要思念远方人，惆怅难过心怏怏。

可爱孩子让人怜，扎着小小羊角辫。仅仅几天未见面，忽戴冠帽已成年。

卢令

卢令令[①]，其人美且仁[②]。
卢重环[③]，其人美且鬈[④]。
卢重镅[⑤]，其人美且偲[⑥]。

【注释】

①卢：黑毛猎犬。②其人：指猎人。③重（chóng）环：大环套小环。④鬈（quán）：勇壮。⑤镅（méi）：一个大环套两个小环。⑥偲（cāi）：多才多智。

【译文】

黑狗颈圈叮当响，猎人和气又英俊。
黑狗脖上套双环，猎人漂亮又勇敢。
黑狗脖上环套环，猎人漂亮又能干。

敝笱

敝笱在梁[①]，其鱼鲂鳏[②]。齐子归止[③]，其从如云。
敝笱在梁，其鱼鲂鱮[④]。齐子归止，其从如雨。
敝笱在梁，其鱼唯唯[⑤]。齐子归止，其从如水。

【注释】

①敝：破。笱（gǒu）：竹制的捕鱼器具。②鲂（fáng）鳏（guān）：鳊鱼和鲲鱼。③齐子：文姜。④鱮（xù）：鲢鱼。⑤唯唯：形容鱼儿出入自如。

【译文】

破篓拦在鱼梁上，鳊鱼鲲鱼心不慌。齐国文姜回娘家，随从人员云一样。

破篓拦在鱼梁上，鳊鱼鲢鱼心不慌。齐国文姜回娘家，随从人员雨一样。

破篓拦在鱼梁上，鱼儿游来又游去。齐国文姜回娘家，随从人员水一样。

载驱

载驱薄薄[1]，簟茀朱鞹[2]。鲁道有荡，齐子发夕[3]。
四骊济济[4]，垂辔沵沵[5]。鲁道有荡，齐子岂弟[6]。
汶水汤汤[7]，行人彭彭[8]。鲁道有荡，齐子翱翔[9]。
汶水滔滔，行人儦儦[10]。鲁道有荡，齐子游敖。

【注释】

①薄薄：象声词，形容马蹄和车轮的转动声。②簟茀（diàn fú）：遮盖车子的方纹竹帘。③齐子：指文姜。发夕：傍晚出发。④骊（lí）：黑马。⑤沵（nǐ）沵：柔软状。⑥岂弟（kǎi tì）：天刚亮。⑦汶水：流经齐鲁两国的水名。⑧彭彭：众多貌。⑨翱翔：遨游。⑩儦（biāo）儦：行人往来貌。

【译文】

马车奔驰声隆隆，竹帘低垂红皮蒙。鲁国大道真宽敞，文姜夜归急匆匆。

四匹黑马多美壮，缰绳柔软上下晃。鲁国大道真宽敞，文姜动身天刚亮。

汶水日夜浩荡荡，行人纷纷驻足望。鲁国大道真宽敞，文姜回齐去游逛。

汶水日夜浪滔滔，行人来来又往往。鲁国大道真宽敞，文姜回齐去游荡。

猗嗟

猗嗟昌兮[1]，颀而长兮。抑若扬兮[2]。美目扬兮，巧趋跄兮[3]，射则臧兮[4]。

猗嗟名兮[5]，美目清兮，仪既成兮。终日射侯[6]，不出正兮[7]，展我甥兮[8]。

猗嗟娈兮[9]，清扬婉兮，舞则选兮[10]。射则贯兮[11]，四矢反兮，以御乱兮。

【注释】

①猗嗟：叹美之词。②抑：通“懿”，美好。③趋跄：快步走。④臧：善。⑤名：马瑞辰《毛诗传笺通释》：“名、明古通用，名当读明，明亦昌盛之意。”⑥侯：古代赛射或习射时用的箭靶。⑦正（zhēng）：箭靶中心的圆形布块。⑧展：诚然、真是。⑨娈：美好。与下句“婉”字义同。⑩选：指齐乐善舞。⑪贯：射中。

【译文】

这人身材健壮，个子高大又颀长。前额方正相貌好，美目有神多迷人。舞步真巧妙，射技太精良。

这人真精神，眼睛美丽又清明。所有准备已完成，天天射靶未停过。箭无虚发中靶心，真不愧为我外甥。

这人真英俊，眼睛清澈又明亮。舞姿很有节奏感，箭出穿靶不空放。四矢同中靶中央，抗击外敌有力量。

魏风

葛屦

纠纠葛屦[1]，可以履霜？掺掺女手[2]，可以缝裳？要之襋之[3]，好人服之。

好人提提[4]，宛然左辟[5]，佩其象揥[6]。维是褊心[7]，是以为刺。

【注释】

①纠纠：缠绕，纠结交错。②掺（qiān）掺：同“纤纤”，形容女

子的手柔弱纤细。③要（yāo）：衣服齐腰处。襋（jí）：衣领。④提提：同"媞媞"，安舒貌。⑤辟（bì）：同"避"。左辟即左避。⑥象揥（tì）：象牙做的簪子。⑦褊（biǎn）心：心胸狭窄。

【译文】

脚上这双破凉鞋，如何路上踏寒霜？可怜我这瘦弱手，如何替人缝衣裳？还要提衣带衣领，恭候美人试新装。

试穿觉得很舒服，左转身子不理我，自顾戴象牙簪在头上。这女人心肠窄又坏，作诗将她来讽刺。

汾沮洳

彼汾沮洳[①]，言采其莫[②]。彼其之子，美无度。美无度，殊异乎公路[③]。

彼汾一方，言采其桑。彼其之子，美如英。美如英，殊异乎公行[④]。

彼汾一曲，言采其蕒[⑤]。彼其之子，美如玉。美如玉，殊异乎公族[⑥]。

【注释】

①汾：汾水。沮洳（jù rù）：水边低湿的地方。②莫：野菜名。③公路：指当时管理路车的官员，通常由贵族子弟担任，职务、俸禄均世袭。"公行""公族"亦如此。④公行（háng）：指当时管理兵车的官员。⑤蕒（xù）：即泽泻草。⑥公族：指当时管理宗族事务的官员。

【译文】

汾水岸边湿地上，来此采莫心欢喜。就是那位意中人，英俊潇洒无人比。英俊潇洒无人比，管公车的官儿哪能比得上。

汾水河流斜坡上，来此采桑心欢畅。就是那位意中人，貌若鲜花在绽放。貌若鲜花在绽放，管兵车的官儿如何比得上。

汾水河边弯弯处，来此采姜心欢快。就是那位意中人，美如冠玉真漂亮。美如冠玉真漂亮，管公族的官儿如何比得上。

园有桃

园有桃，其实之肴①。心之忧矣②，我歌且谣③。不知我者，谓我士也骄。“彼人是哉④？子曰何其？”心之忧矣，其谁知之？其谁知之，盖亦勿思⑤。

园有棘，其实之食。心之忧矣，聊以行国⑥。不知我者，谓我士也罔极。“彼人是哉？子曰何其？”心之忧矣，其谁知之？其谁知之，盖亦勿思。

【注释】

①之：是。肴：食。②之：其。③歌、谣：曲合乐曰歌，徒歌曰谣，此处皆作动词用。④是：对，正确。⑤盖（hé）：通“盍”，何不。⑥行国：离开城邑。

【译文】

园中桃树壮，果实做佳肴。心中真忧伤，且将放声唱。有人不解我，说我傲慢太骄狂。“那人说的对不对？你说我该如何做？”心中好忧郁呀，谁能了解我？谁能了解我，何必挂念苦思索。

园中枣树直，果实能够做吃食。心中真忧郁呀，且去散步出城池。有人不解我，说我书生不知足。“那人说的对不对？你说我该如何做？”心中真忧郁呀，谁能了解我？谁能了解我，何必挂念苦思索。

陟岵

陟彼岵兮①，瞻望父兮。父曰：“嗟！予子行役，夙夜无已。上慎旃哉[2]，犹来无止[3]。”

陟彼屺兮[4]，瞻望母兮。母曰：“嗟！予季行役，夙夜无寐。上慎旃哉，犹来无弃。”

陟彼冈兮，瞻望兄兮。兄曰：“嗟！予弟行役，夙夜必偕。上慎旃哉，犹来无死。”

【注释】

①陟（zhì）：登上。岵（hù）：有草木的山。②上：通“尚”，希望。③犹来：还是归来。④屺（qǐ）：无草木的山。

【译文】

登上葱茏山冈上，遥遥将我爹爹望。像听爹爹对我说：“唉！我儿当差啊，早沾露水晚披星。可要保重呀，归来不要留远方。”

登上光秃山冈上，遥遥将我妈妈望。像听妈妈对我说：“唉！我的小儿行役忙，朝朝夜夜不挨床。可要当心身体呀，归来莫要把娘忘。”

登上那座高山冈，遥遥将我哥哥望。像听我哥对我说：“我的兄弟行役忙，日日夜夜一个样。可要当心身体呀，莫要尸骨埋他乡。”

十亩之间

十亩之间兮，桑者闲闲兮[1]，行与子还兮。

十亩之外兮，桑者泄泄兮[2]，行与子逝兮。

【注释】

①桑者：采桑的人。②泄泄：和乐的样子。

【译文】

十亩田间绿桑园，采桑姑娘有空闲，与你一起回家去。

十亩田外绿桑林，采桑姑娘一群群，与你携手一起行。

伐檀

坎坎伐檀兮[①]，置之河之干兮[②]，河水清且涟猗。不稼不穑[③]，胡取禾三百廛兮[④]？不狩不猎，胡瞻尔庭有县貆兮[⑤]？彼君子兮[⑥]，不素餐兮[⑦]！

坎坎伐辐兮，置之河之侧兮，河水清且直猗。不稼不穑，胡取禾三百亿兮？不狩不猎，胡瞻尔庭有县特兮[⑧]？彼君子兮，不素食兮！

坎坎伐轮兮，置之河之漘兮[⑨]。河水清且沦猗[⑩]。不稼不穑，胡取禾三百囷兮？不狩不猎，胡瞻尔庭有县鹑兮？彼君子兮，不素飧兮[⑪]！

【注释】

①坎坎：伐木声。②置：搁、放。干：水边。③稼（jià）：播种。穑（sè）：收获。④胡：为什么。⑤县：古"悬"字。貆（huán）：猪獾。⑥君子：此系反话，指有地位有权势者。⑦素餐：白吃饭，不劳而获。⑧特：大兽。⑨漘（chún）：水边。⑩沦：小波纹。⑪飧（sūn）：熟食，泛指吃饭。

【译文】

砍伐檀树响叮当，棵棵放在河边上，河水清清有波浪。不播种来不收割，为啥粮仓三百捆禾？不冬狩来不夜猎，为啥你庭院猪獾悬啊？那些老爷君子啊，不是白白吃闲饭啊！

檀树砍得叮当响，放在河边做车辐啊。河水清清有波浪。不播种来不收割，为啥粮仓三百捆禾？不冬狩来不夜猎，为啥你庭院兽悬柱啊？那些老爷君子啊，不是白白吃闲饭啊！

砍下檀树做车轮啊，棵棵堆放河边屯啊。河水清清有波浪。不种田来不收割，凭啥三百捆禾要独吞？不狩猎来不打猎，为啥你庭院挂鹌鹑啊？那些老爷君子啊，可不白吃腥荤啊！

硕鼠

硕鼠硕鼠[1]，无食我黍[2]！三岁贯女[3]，莫我肯顾。逝将去女[4]，适彼乐土。乐土乐土，爰得我所！

硕鼠硕鼠，无食我麦！三岁贯女，莫我肯德。逝将去女，适彼乐国。乐国乐国，爰得我直！

硕鼠硕鼠，无食我苗！三岁贯女，莫我肯劳。逝将去女，适彼乐郊。乐郊乐郊，谁之永号！

【注释】

①硕鼠：大老鼠。一说大田鼠。②无：毋、不要。③三岁：多年。贯：借作“宦”，侍奉。④逝：通“誓”。女：同“汝”。

【译文】

大田鼠呀大田鼠，别吃我种的黍！多年勤劳服侍你，我的生活你不顾。发誓定要离开你，搬去乐土有幸福。那乐土啊那乐土，才是安居好去处！

大田鼠呀大田鼠，别吃我种的麦！多年勤劳服侍你，你却对我不感激。发誓定要离开你，去那理想新乐国。那乐国啊那乐国，劳动价值归自己！

大田鼠呀大田鼠，别吃我种的苗！多年勤劳服侍你，你却对我不慰劳！发誓定要离开你，去那乐郊有欢笑。那乐郊啊那乐郊，无人悲叹长呼号！

唐风

蟋蟀

蟋蟀在堂，岁聿其莫[1]。今我不乐，日月其除。无已大康[2]，职思其居。好乐无荒，良士瞿瞿[3]。

蟋蟀在堂，岁聿其逝。今我不乐，日月其迈[4]。无已大康，职思其外。好乐无荒，良士蹶蹶[5]。

蟋蟀在堂，役车其休。今我不乐，日月其慆[6]。无以大康，职思其忧。好乐无荒，良士休休。

【注释】

①莫（mù）：古“暮”字。②大（tài）康：过于享乐。③瞿（jù）瞿：警惕惊顾貌。④迈：时光流逝。⑤蹶（jué）蹶：勤奋状。⑥慆（tāo）：逝去。

【译文】

蟋蟀进屋天气冷，一年匆匆到年关。今我再不去寻乐，时光一去不复返。不可太享福，本职要做好。好乐事不误，贤士警语记心里。

蟋蟀进屋天气冷，一年时间要结束。今我再不去寻乐，时光飞逝留不住。不可太享福，其他得兼顾。好乐事不误，贤士要勤快。

蟋蟀进屋天气冷，出差车马要回来。今我再不去寻乐，时光逝去再不返。不可太享福，多将忧患想。好乐事不误，贤士应爱国。

山有枢

山有枢[1]，隰有榆[2]。子有衣裳，弗曳弗娄[3]。子有车马，弗驰弗驱。宛其死矣[4]，他人是愉。

山有栲[5]，隰有杻[6]。子有廷内，弗洒弗扫[7]。子有钟鼓，弗鼓弗考[8]。宛其死矣，他人是保[9]。

山有漆，隰有栗。子有酒食，何不日鼓瑟？且以喜乐，且以永日[10]。宛其死矣，他人入室。

【注释】

①枢（shū）：木名，刺榆。②隰（xí）：低湿之地。③娄：“搂”的借字，牵拉之意。拉与扯都是穿衣的动作。④宛：“苑”的假借字，枯死貌。⑤栲（kǎo）：木名，臭椿树。⑥杻（niǔ）：檍树。

⑦廷内：庭院与堂室。⑧考：敲击。⑨保：占有。⑩永日：指整天享乐。

【译文】

刺榆长在山坡上，白榆长在洼地间。你有衣衫和下裳，不穿不戴箱里装。你有车子和马匹，不驾不骑置一边。哪天不幸离人世，别人享受多快活。

臭椿树长在山坡上，菩提长在低洼处。你有庭院和房屋，不洒水来不打扫。你家有钟还有鼓，不敲不打就算无。一朝不幸离人世，别人霸占心舒服。

漆树长在山坡上，榛栗生在低洼地。你有美酒和佳肴，何不天天奏乐器。且用它来寻欢乐，且用它来度时日。哪天不幸离人世，别人开心进你室。

扬之水

扬之水，白石凿凿。素衣朱襮[①]，从子于沃[②]。既见君子[③]，云何不乐。

扬之水，白石皓皓。素衣朱绣，从子于鹄[④]。既见君子，云何其忧。

扬之水，白石粼粼。我闻有命，不敢以告人。

【注释】

①襮（bó）：衣领。②沃：曲沃，地名。③君子：指桓叔。④鹄：邑名，即曲沃。

【译文】

激扬的河水流不息，水底白石更鲜明。身穿白衫红衣领，与你一起到沃城。既见了桓叔这贤者，怎不高兴乐滋滋。

激扬的河水流不息，水底石块更洁白。身穿白衣红绣领，与你一同到鹄城。既见了桓叔这贵人，没有事情值得愁。

激扬的河水流不息，水底白石更晶莹。听说将有政变令，严守机密不乱说。

椒聊

椒聊之实[1]，蕃衍盈升[2]。彼其之子，硕大无朋[3]。椒聊且！远条且[4]！

椒聊之实，蕃衍盈匊[5]。彼其之子，硕大且笃。椒聊且！远条且！

【注释】

①椒：花椒。②蕃衍：生长众多。③朋：比。④条：长。⑤匊（jū）："掬"的古字，两手合捧。

【译文】

花椒子一串串，结子繁多满升量。这位夫人子孙多，身材高大与众不同。一串串花椒，远闻香扑鼻。

花椒子一串串，结子繁多满一捧。这位夫人子孙多，体态粗壮又厚重。一串串花椒，远闻香扑鼻。

绸缪

绸缪束薪[1]，三星在天[2]。今夕何夕，见此良人[3]。子兮子兮，如此良人何？

绸缪束刍[4]，三星在隅。今夕何夕，见此邂逅。子兮子兮，如此邂逅何？

绸缪束楚，三星在户。今夕何夕，见此粲者[5]。子兮子兮，如此粲者何？

【注释】

①绸缪（móu）：缠绕。②三星：即心星。③良人：丈夫，指新郎。④刍（chú）：喂牲口的青草。⑤粲：漂亮的人，此处指新娘。

【译文】

捆捆柴火扎得紧，天上心星亮晶晶。今夜究竟啥日子，见这丈夫真欢欣。要问你啊要问你，你把丈夫怎么办？

捆捆牧草扎得多，东南心星正闪烁。今夜究竟啥日子，遇这良辰真开心。要问你啊要问你，这样良辰如何过？

束束荆条紧紧捆，天边心星照在门。今夜究竟啥日子，见这美人真兴奋。要问你啊要问你，如何疼惜这美人？

杕杜

有杕之杜[①]，其叶湑湑[②]。独行踽踽，岂无他人？不如我同父[③]。嗟行之人，胡不比焉？人无兄弟，胡不佽焉[④]？

有杕之杜，其叶菁菁。独行睘睘[⑤]，岂无他人？不如我同姓[⑨]。嗟行之人，胡不比焉？人无兄弟，胡不佽焉？

【注释】

①有杕（dì）：即“杕杕”，树木挺立的样子。杜：赤棠。②湑（xǔ）：形容树叶茂盛。③同父：指同胞兄弟。④佽（cì）：资助，帮助。⑤睘（qióng）睘：同“茕茕”，孤独无依的样子。

【译文】

路旁赤棠很孤单，树叶生得很茂盛。独自流浪真凄苦，难道路上无他人？没有同父兄弟亲。感叹往来过路人，为何不同我亲近？兄弟不在没依靠，为何不来帮帮我？

路旁赤棠很孤单，树叶生得密又青。独自流浪多艰辛，难道路上无他人？没有同姓兄弟亲。感叹往来过路人，为何不同我亲近？兄弟不在没依靠，为何不来帮帮我？

羔裘

羔裘豹袪[①]，自我人居居[②]。岂无他人？维子之故[③]。

羔裘豹褎[④]，自我人究究[⑤]。岂无他人？维子之好。

【注释】

①袪（qū）：袖口。②自我人：对我们。③故：指爱，或解释为

故旧。④褎（xiù）：同“袖”。⑤究究：态度傲慢。

【译文】

身着衣裳镶豹皮，对我傲慢又无礼。难道无人再可交？只是念你是故旧。

豹皮袖口确荣耀，对我却傲慢拿腔调。难道无人再可交？只是念你是好友。

鸨羽

肃肃鸨羽[①]，集于苞栩[②]。王事靡盬[③]，不能艺稷黍[④]。父母何怙[⑤]？悠悠苍天，曷其有所[⑥]？

肃肃鸨翼，集于苞棘。王事靡盬，不能艺黍稷。父母何食？悠悠苍天，曷其有极？

肃肃鸨行，集于苞桑，王事靡盬，不能艺稻粱。父母何尝？悠悠苍天，曷其有常？

【注释】

①肃肃：鸟翅扇动的响声。②苞：草木丛生。栩（xǔ）：柞栎树。③靡：没有。盬（gǔ）：休止。④艺：种植。⑤怙（hù）：依靠。⑥曷：何。所：住所。

【译文】

大雁簌簌拍翅膀，栎树丛中栖不稳。王室差事做不完，无法去田种庄稼。靠谁养活我爹娘？高高在上的老天爷，哪天才能得安生？

大雁簌簌展翅飞，酸枣丛中栖不安。王室差事做不完，无法去田种庄稼。赡养父母哪来粮？高高在上的老天爷，劳役期限是多长？

大雁簌簌飞成行，休息在那桑树上。王室差事做不完，不能在家种稻粱。父母用啥来糊口？高高在上的老天爷，生活啥时可正常？

无衣

岂曰无衣？七兮[①]。不如子之衣[②]，安且吉兮[③]。

岂曰无衣？六兮。不如子之衣，安且燠兮[④]。

【注释】

①七：虚数，表现衣服之多。②子：第二人称的尊称。此处指制作衣服的人。③安：舒适。吉：美、善。④燠（yù）：温暖。

【译文】

难道说我无衣穿？我的衣裳有七件。只叹并非你亲做，舒适美观最是好。

难道说我无衣穿？我的衣服有六件。只叹并非你亲做，舒适温暖最是好。

有杕之杜

有杕之杜[①]，生于道左[②]。彼君子兮，噬肯适我[③]？中心好之，曷饮食之[④]？

有杕之杜，生于道周[⑤]。彼君子兮，噬肯来游[⑥]？中心好之，曷饮食之？

【注释】

①杜：杜梨，又名棠梨。②道左：道路左边，古人以东为左。③适：到，往。④曷：同“盍”，何不。⑤周：右边。⑥游：来看。

【译文】

那棵棠梨真孤单，长在路左偏僻处。那男子啊有风度，可肯到我这里来？爱贤盼友想倾诉，为何不请喝一杯？

那棵棠梨真孤单，长在路右偏僻处。那男子啊有风度，可肯到我这里来？爱贤盼友欲倾诉，为何不请喝一杯？

葛生

葛生蒙楚[①]，蔹蔓于野。予美亡此[②]，谁与独处？
葛生蒙棘，蔹蔓于域[③]。予美亡此，谁与独息？
角枕粲兮[④]，锦衾烂兮。予美亡此，谁与独旦[⑤]？
夏之日，冬之夜。百岁之后，归于其居[⑥]。
冬之夜，夏之日。百岁之后，归于其室[⑦]。

【注释】

①葛：藤本植物。②亡此：死于此处，指死后埋在那里。③域：坟地。④角枕：牛角做的枕头。⑤独旦：独处到天亮。⑥居：坟墓。⑦室：墓冢。

【译文】

葛藤生长覆荆树，蔹草蔓生在野外。我爱的人葬这里，独自再与谁相伴？

葛藤生长覆丛棘，蔹草爬满坟园地。我爱的人葬这里，独自再同谁共息？

牛角枕头真是亮，锦绣被子色多彩。我爱的人葬这里，独自再与谁做伴？

夏季白日烈炎炎，冬季黑夜长漫漫。愿我百年离世后，同你相会在黄泉。

冬季黑夜长漫漫，夏季又嫌白昼长。愿我百年离世后，与你相会在阴间。

采苓

采苓采苓[①]，首阳之颠[②]。人之为言[③]，苟亦无信。舍旃舍旃[④]，苟亦无然。人之为言，胡得焉！

采苦采苦，首阳之下。人之为言，苟亦无与。舍旃舍旃，苟亦无然。人之为言，胡得焉！

采葑采葑，首阳之东。人之为言，苟亦无从。舍旃舍旃，苟亦无然。人之为言，胡得焉！

【注释】

①苓：通“蘦”，一种药草。②首阳：山名。③为（wěi）言：即“伪言”，谎话。④舍旃（zhān）：放弃它吧。

【译文】

采黄药啊采黄药，在那首阳高山顶。有人专爱造谣言，千万不要胡乱听。别信它呀别信它，流言蜚语听不得。有人专爱造谣言，最后自己陷困境！

采苦菜啊采苦菜，在那首阳山脚跟。有人专爱造谣言，不要听他在说啥。别信它呀别信它，流言蜚语不能听。有人专爱造谣言，最后徒自招怨恨！

采芜菁啊采芜菁，一直采到首阳东。有人最爱说谎话，千万不能乱听从。别信它呀别信它，流言蜚语不能信。有人专爱造谣言，最后希望全落空！

秦风

车邻

有车邻邻[①]，有马白颠[②]。未见君子[③]，寺人之令[④]。

阪有漆[⑤]，隰有栗。既见君子，并坐鼓瑟。今者不乐，逝者其耋。

阪有桑，隰有杨。既见君子，并坐鼓簧。今者不乐，逝者其亡。

【注释】

①邻邻：同“辚辚”，车行声。②颠：额。③君子：对友人的尊称。④寺人：侍者。⑤阪（bǎn）：山坡。

【译文】

大车奔驰响辚辚，白额马儿齐嘶鸣。来访君子未见面，先让侍从传命令。

高坡有个漆树园，洼地栗树长成片。已经见到那君子，齐坐奏乐弹丝弦。现在不乐待几时，转眼衰老时已晚。

高坡有个桑树林，低洼地带长白杨。已经见到那君子，齐坐奏乐吹笙簧。现在不乐待几时，转眼死去埋坟茔。

驷驖

驷驖孔阜[①]，六辔在手[②]。公之媚子[③]，从公于狩。

奉时辰牡，辰牡孔硕。公曰左之[④]，舍拔则获。

游于北园，四马既闲。輶车鸾镳[⑤]，载猃歇骄[⑥]。

【注释】

①驖（tiě）：毛色似铁的好马。②辔（pèi）：马缰。③媚子：宠爱的人。④左之：向左面射箭。⑤輶（yóu）：用于驱赶堵截野兽的轻便车。⑥猃（xiǎn）：长嘴的猎狗。

【译文】

四马壮健毛色黑，六根缰绳握手中。公爷宠爱赶车人，跟随公爷猎一回。

猎官驱出应时兽，膘肥肉壮个个好。公爷喊声“朝左射”，放箭直贯兽咽喉。

狩猎结束游北园，驾轻就熟好悠闲。车儿轻快铃铛响，车上载着众猎犬。

小戎

小戎俴收[①]，五楘梁辀[②]。游环胁驱[③]，阴靷鋈续[④]。文茵畅毂[⑤]，驾我骐异[⑥]。言念君子[⑦]，温其如玉[⑧]。在其板屋[⑨]，乱我心曲[⑩]。

四牡孔阜[⑪]，六辔在手。骐骝是中，騧骊是骖。龙盾之合，鋈以觼軜。言念君子，温其在邑。方何为期？胡然我念之[⑫]？

俴驷孔群[13]，厹矛鋈錞[14]。蒙伐有苑[15]，虎韔镂膺[16]。交韔二弓[17]，竹闭绲縢[18]。言念君子，载寝载兴[19]。厌厌良人[20]，秩秩德音。

【注释】

①小戎：兵车。②篥（mù）：用皮革分五处缠在车辕上，起加固和修饰作用。③游环：活动的环。④靷（yǐn）：引车前行的皮革。⑤文茵：有纹饰的虎皮坐垫。⑥骐：青黑色如棋盘格子纹的马。⑦君子：此处指从军的丈夫。⑧温其如玉：女子形容丈夫性情温润如玉。⑨板屋：用木板建造的房屋。⑩心曲：心灵深处。⑪牡：公马。⑫胡然：为什么。⑬孔群：很协调。⑭厹（qiú）矛：头有三棱锋刃的长矛。⑮蒙（máng）：画杂乱的羽纹。⑯虎韔（chàng）：虎皮弓囊。⑰交韔二弓：两张弓，一弓向左，一弓向右，交错放在袋中。⑱闭：弓架，用以正弓。⑲载寝载兴：起卧不宁。⑳厌厌：安静柔和的样子。

【译文】

小兵车浅车厢，五道皮条缠辕上，游动手环控骖马。银环皮条要系好，虎皮垫褥车轴长，骑上花马好英武。我的丈夫，温润如玉。如今从军去了西戎，让我心乱。

四匹马儿真高壮，手中握紧六缰绳。青马红马站中间，黄马黑马跑两旁。画龙盾牌合一起，缰绳套着白铜环。我的丈夫，性情温和在关隘。何日才能凯旋，叫我如何不想他？

披甲四马多协调，三棱长矛包白铜。新漆盾牌画羽毛，虎皮弓袋雕花纹。两弓交叉置袋中，正弓竹柲绳缠牢。思念我的好夫君，辗转反侧心不安。温和安静好夫君，彬彬有礼好名声。

蒹葭

蒹葭苍苍[1]，白露为霜。所谓伊人[2]，在水一方。溯洄从之[3]，道阻且长。溯游从之，宛在水中央。

蒹葭萋萋，白露未晞[4]。所谓伊人，在水之湄[5]。溯洄从之，道阻且跻。溯游从之，宛在水中坻。

蒹葭采采，白露未已。所谓伊人，在水之涘。溯洄从之，道阻且右。溯游从之，宛在水中沚。

【注释】

①苍苍：鲜明、茂盛貌。下文“萋萋”“采采”义同。②伊人：所思慕的对象。③溯洄：逆流而上。④晞（xī）：干。⑤湄：水和草交接的地方，也就是岸边。

【译文】

河边芦苇碧色苍苍，秋深露水结成白霜。意中之人在哪里，就在河水对岸边。逆着流水寻觅她，道路艰险又太长。顺着流水寻觅她，就像在那水中央。

河边芦苇真茂盛，清晨露水尚未干。意中之人在哪里，就在对岸那一边。逆着流水寻觅她，道路坎坷攀登难。顺着流水寻觅她，好像就在沙洲中。

河边芦苇更浓密，早晨露水还逗留。意中之人在哪里，就在河边对岸头。逆着流水寻觅她，路险迂回太难求。顺着流水寻觅她，好像就在水洲中。

终南

终南何有[1]？有条有梅[2]。君子至止，锦衣狐裘[3]。颜如渥丹[4]，其君也哉？

终南何有？有纪有堂[5]。君子至止，黻衣绣裳[6]。佩玉将将[7]，寿考不忘[8]。

【注释】

①终南：终南山。②条：树名，即山楸。③锦衣狐裘：当时诸侯的礼服。④渥（wò）：涂。⑤纪：山角。堂：山上宽平处。

⑥黻（fú）衣：黑色青色花纹相间的上衣。⑦将将：同“锵锵”，象声词。⑧考：高寿。

【译文】

终南山上有什么？又有山楸又有梅。有位君子来这里，锦衣裘服真气派。脸色红润像涂丹，难道他是我君主？

终南山上有什么？有棱有角地宽阔。有位君子来这里，青黑上衣五彩裳。身上佩玉叮当响，永记我们莫相忘。

黄鸟

交交黄鸟①，止于棘。谁从穆公②？子车奄息③。维此奄息，百夫之特④。临其穴，惴惴其慄。彼苍者天⑤，歼我良人！如可赎兮，人百其身⑥。

交交黄鸟，止于桑。谁从穆公？子车仲行。维此仲行，百夫之防。临其穴，惴惴其慄。彼苍者天，歼我良人！如可赎兮，人百其身。

交交黄鸟，止于楚。谁从穆公？子车鍼虎。维此鍼虎，百夫之御。临其穴，惴惴其慄。彼苍者天，歼我良人！如可赎兮，人百其身。

【注释】

①交交：鸟鸣声。②从：殉葬。③子车：复姓。奄息：人名。④特：杰出的人才。⑤彼苍者天：悲哀至极的呼号，犹今语“老天爷哪”。⑥人百其身：用一百人赎一条命。

【译文】

黄鸟鸣叫声凄凉，飞来落在枣树上。是谁殉葬从穆公？子车奄息有名望。谁不赞许好奄息，百里挑一好儿郎。众人悼殉临墓穴，浑身战栗痛活埋。苍天在上快开眼，坑杀好人实不该！如果能够赎他命，百人甘愿以死偿。

黄鸟鸣叫声凄凉，飞来落在桑树上。是谁殉葬伴穆公？

子车仲行有名望。谁不称美好仲行，百夫之中难挑一。众人悼殉临墓穴，浑身战栗痛活埋。苍天在上快开眼，坑杀好人实不该！如果能够赎他命，百人甘愿化尘埃。

黄鸟鸣叫声凄凉，飞来落在荆树上。是谁殉葬陪穆公？子车鍼虎遇残害。谁不夸奖好鍼虎，百人之德没他强。众人悼殉临墓穴，浑身战栗痛活埋。苍天在上快开眼，坑杀好人实不该！如果能够赎他命，百人甘愿葬蒿莱。

晨风

鴥彼晨风[①]，郁彼北林[②]。未见君子，忧心钦钦[③]。如何如何？忘我实多！

山有苞栎[④]，隰有六驳[⑤]。未见君子，忧心靡乐。如何如何？忘我实多！

山有苞棣[⑥]，隰有树檖[⑦]。未见君子，忧心如醉。如何如何？忘我实多！

【注释】

①鴥（yù）：鸟疾飞的样子。晨风：鸟名，即鹯（zhān）鸟。②郁：形容茂密。③钦钦：忧而不忘之貌。④苞：丛生的样子。⑤六驳：木名，红果。⑥棣：唐棣，也叫郁李。⑦树：形容檖树直立的样子。

【译文】

鹯鸟如箭疾飞行，北边茂密有鸟窝。意中人儿还未见，忧心思念情难平。怎么办呵怎么办？你是否还会想着我！

山坡上栎树丛生，低湿地里红果多。意中人儿还未见，心中忧伤难快乐。怎么办呵怎么办？你是否还会想着我！

山坡长满那唐棣，低湿地里山梨多。意中人儿还未见，心中忧伤似醉迷。怎么办呵怎么办？你是否还会想着我！

无衣

岂曰无衣？与子同袍[①]。王于兴师[②]，修我戈矛。与子同仇！

岂曰无衣？与子同泽。王于兴师，修我矛戟。与子偕作！

岂曰无衣？与子同裳。王于兴师，修我甲兵。与子偕行！

【注释】

①袍：长袍，也就是今天的斗篷。②王：此处指周王。

【译文】

谁说我们无衣穿？与你同穿一件袍。君王起兵要交战，修整我那戈与矛。共同杀敌同目标！

谁说我们无衣穿？与你同穿一件衫。君王起兵要交战，修整我那矛与戟。咱们一起去杀敌！

谁说我们无衣穿？与你同穿一件裳。君王起兵要交战，修好铠甲和刀枪。杀敌与你共前进！

渭阳

我送舅氏，曰至渭阳[①]。何以赠之？路车乘黄[②]。

我送舅氏，悠悠我思。何以赠之？琼瑰玉佩[③]。

【注释】

①阳：山南水北曰阳。②路车：诸侯之车。③琼瑰：玉之类的美石。

【译文】

我送舅舅归国去，送到渭水北边涯。有啥礼物送给他？一辆大车四马黄。

我送舅舅归国去，忧愁无边想娘亲。有啥礼物送给他？宝石玉佩一大挂。

权舆

於我乎[①]！夏屋渠渠[②]。今也每食无余。於嗟乎！不承权舆[③]。

於我乎！每食四簋[④]。今也每食不饱。於嗟乎！不承权舆。

【注释】

①於：叹词。②夏屋：很大的食器。渠渠：丰盛。③权舆：原意是草木初发，此处引申为起始。④簋（guǐ）：古代以青铜或陶制作的圆形食器。

【译文】

我呀！以前住着高楼大厦，如今每顿食不果腹。哎呀呀！现在不能比当初。

我呀！以前每顿四大碗，如今每顿肚不满。哎呀呀！如今不能比当年。

陈风

宛丘

子之汤兮[①]，宛丘之上兮[②]。洵有情兮[③]，而无望兮。

坎其击鼓，宛丘之下。无冬无夏，值其鹭羽。

坎其击缶，宛丘之道。无冬无夏，值其鹭翿[④]。

【注释】

①汤（dàng）：“荡”之假借字。此处形容舞姿摇摆奔放。②宛丘：陈国丘名。③洵：确实、实在是。④翿（dào）：即诗中的鹭羽，是一种用鹭鸟羽毛制作的伞形舞蹈道具。

【译文】

姑娘跳舞热情奔放，在宛丘山的高地上。我诚然倾心恋慕，可惜没有啥希望。

敲起鼓来隆隆响，宛丘低坡舞翩然。不管寒冬或炎夏，洁白鹭羽手中舞。

你击缶当当响，欢舞宛丘大路上。不管寒冬或炎夏，持鹭羽舞姿漂亮。

东门之枌

东门之枌[1]，宛丘之栩[2]。子仲之子[3]，婆娑其下。
穀旦于差[4]，南方之原。不绩其麻，市也婆娑[5]。
穀旦于逝，越以鬷迈[6]。视尔如荍[7]，贻我握椒。

【注释】

①枌（fén）：木名。白榆。②栩（xǔ）：柞树。③子：女儿。④穀（gǔ）：好，善。差：组。⑤市：是。⑥鬷（zōng）：常常。⑦荍（qiáo）：荆葵花。

【译文】

东门种的是白榆，宛丘柞树连成片。子仲家里好姑娘，大树底下舞翩跹。

良辰美景是时候，同去南方平原处。搁下手中纺的麻，闹市里面舞一场。

趁着良辰同前往，多次前往已相熟。看你好像荆葵花，送我花椒一把香。

衡门

衡门之下[1]，可以栖迟[2]。泌之洋洋[3]，可以乐饥[4]。
岂其食鱼，必河之魴[5]？岂其取妻，必齐之姜[6]？
岂其食鱼，必河之鲤？岂其取妻，必宋之子[7]？

【注释】

①衡门：衡，通“横”。横木为门。这里指简陋的房屋。②栖迟：栖息，此处指幽会。③泌（bì）：与“密”相同，均为男女幽会之地。④乐饥：隐语，《诗经》中常将性的欲望称为饥，乐饥指满足性

的饥渴。⑤鲂：鳊鱼。⑥姜：齐国的贵族姓氏。⑦子：宋国的贵族姓氏。

【译文】

支起横木做门框，房子虽差也没事。洋洋流淌泌水边，清水也可充饥肠。

难道想要吃鱼鲜，非要鳊鱼才味香？难道想要娶妻子，不娶齐姜不风光？

难道想要吃鲜鱼，非要鲤鱼才可取？难道想要娶妻子，不娶宋子不排场？

东门之池

东门之池，可以沤麻[①]。彼美淑姬[②]，可与晤歌[③]。
东门之池，可以沤纻[④]。彼美淑姬，可与晤语。
东门之池，可以沤菅[⑤]。彼美淑姬，可与晤言。

【注释】

①沤麻：长时间用水浸泡大麻、纻麻，使麻皮与麻杆分离。②淑姬：善良的姑娘。③晤歌：用歌声互相唱和。④纻：纻麻。⑤菅（jiān）：菅草。

【译文】

东城门外护城池，能够浸麻能泡葛。温柔美丽的女子，与她相会又唱歌。

东城门外护城池，泡浸纻麻多又多。温柔美丽的女子，与她倾谈情相和。

东城门外护城池，泡浸菅草一棵棵。温柔美丽的女子，与她柔情诉衷肠。

东门之杨

东门之杨，其叶牂牂[①]。昏以为期[②]，明星煌煌[③]。

东门之杨，其叶肺肺[4]。昏以为期，明星晳晳[5]。

【注释】

①牂（zāng）牂：风吹树叶的响声。②期：约定的时间。③明星：启明星。煌煌：光亮貌。④肺（pèi）肺：同“牂牂”。⑤晳（zhé）晳：同“煌煌”。

【译文】

东门的大白杨，叶子浓密好乘凉。约好见面在黄昏，直等到明星东上。

东门的大白杨，叶儿浓密青葱葱。约好相会在黄昏，直等到明星灿烂。

墓门

墓门有棘[1]，斧以斯之[2]。夫也不良[3]，国人知之。知而不已，谁昔然矣[4]。

墓门有梅[5]，有鸮萃止[6]。夫也不良，歌以讯止[7]。讯予不顾，颠倒思予[8]。

【注释】

①墓门：墓道的门。②斯：劈开，砍掉。③夫：这个人，指作者讽刺之人。④谁昔：往昔、从前。⑤梅：梅树。⑥鸮（xiāo）：猫头鹰。萃：栖息。⑦讯：借作“谇”（suì），斥责，告诫。⑧颠倒：跌倒。

【译文】

墓门前有枣树，拿着斧子砍掉它。这人是个不良徒，国中没人不知晓。居心险恶却不改，很早就已这恶样。

墓门前有梅树，猫头鹰安家在树上。这人是个不良徒，唱支歌儿警钟响。告诫的话都不听，栽了跟头才认清。

防有鹊巢

防有鹊巢[1]。邛有旨苕[2]。谁侜予美[3]？心焉忉忉[4]。

中唐有甓[5]，邛有旨鹝[6]。谁侜予美？心焉惕惕[7]。

【注释】

①防：水坝。②邛（qióng）：山丘。③侜（zhōu）：谎言，欺骗。④忉（dāo）忉：忧虑状。⑤唐：朝堂前和宗庙门内的大路。甓（pì）：瓦片。⑥鹝（yì）：借为“虉”，绶草。⑦惕惕：提心吊胆状。

【译文】

喜鹊搭窝在河堤，紫云英草长坡地。谁在离间我的爱？心中愁绪万万千。

瓦片铺在庭中路，绶草栽入丘上土。谁在离间我的爱？忧愁担心苦难言。

月出

月出皎兮，佼人僚兮，舒窈纠兮[1]。劳心悄兮[2]！

月出皓兮，佼人懰兮[3]，舒忧受兮。劳心慅兮[4]！

月出照兮[5]，佼人燎兮[6]，舒夭绍兮。劳心惨兮[7]！

【注释】

①舒：指从容娴雅。窈纠：形容女子行走时体态的曲线美。②劳心：忧心。悄：忧愁状。③懰（liǔ）：美好。④慅（cǎo）：心神不宁。⑤照：明亮貌。⑥燎：漂亮。⑦惨：《诗经》中它和“懆”通用，现代汉语作“躁”，焦躁貌。

【译文】

月亮皎洁多明亮，月下美人真漂亮。身姿窈窕步轻盈，惹我思念心烦忧。

月亮升起多洁白，月下美人真姣好。身姿窈窕步舒缓，惹我思念心忧愁。

月亮出来光普照，月下美人更迷人。身姿窈窕步优美，惹我思念心烦躁。

株林

胡为乎株林[1]？从夏南[2]。匪适株林？从夏南。

驾我乘马，说于株野。乘我乘驹[3]，朝食于株[4]。

【注释】

①胡为：为什么。林：郊野。②从：此处意思是找人。③驹：马高五尺以上六尺以下称“驹”。④朝食：吃早饭。

【译文】

为何去株邑之郊？是与夏南去游玩。并非去那株邑之郊？也不把那夏南找。

驾起大车赶起马，停车在株邑之野。驾轻车赶起四驹，赶到夏家吃早饭。

泽陂

彼泽之陂[1]，有蒲与荷[2]。有美一人，伤如之何[3]。寤寐无为，涕泗滂沱[4]。

彼泽之陂，有蒲与蕑[5]。有美一人，硕大且卷[6]。寤寐无为，中心悁悁[7]。

彼泽之陂，有蒲菡萏[8]。有美一人，硕大且俨。寤寐无为，辗转伏枕。

【注释】

①泽之陂（bēi）：池塘堤岸。②蒲：香蒲。③伤：因思念而忧伤。④涕泗：眼泪和鼻涕。⑤蕑（jiān）：兰草。⑥卷（quán）：鬓发很美。⑦悁（yuān）悁：忧伤愁闷的样子。⑧菡萏（hàn dàn）：莲花。

【译文】

池塘堤岸旁，蒲草荷叶多。健美好青年，让我心思念。难眠无办法，暗自泪流多。

池塘堤岸旁，蒲草兰花多。健美好青年，高大品德好。难眠无办法，心中总怅然。

池塘堤岸旁，蒲草莲叶多。健美好青年，壮实又威严。难眠无办法，辗转多烦恼。

桧风

羔裘

羔裘逍遥[①]，狐裘以朝[②]。岂不尔思，劳心忉忉[③]。
羔裘翱翔，狐裘在堂。岂不尔思，我心忧伤。
羔裘如膏[④]，日出有曜。岂不尔思，中心是悼。

【注释】

①逍遥：悠闲地走来走去。②朝：朝堂。③忉（dāo）忉：忧愁状。④膏：油脂。

【译文】

穿着羊羔皮袄去逍遥，穿着狐皮袍子去坐朝。难道我不思念你，天天为你把心操。

穿着羊羔皮袄去游逛，穿着狐皮袍子去朝堂。让我为你费思虑，想起国家心忧伤。

羊羔皮袄色泽如脂膏，太阳出来衣裳亮。难道我不牵挂你，心中恐惧又心慌。

素冠

庶见素冠兮[①]，棘人栾栾兮[②]，劳心慱慱兮[③]。
庶见素衣兮，我心伤悲兮，聊与子同归兮。
庶见素韠兮[④]，我心蕴结兮，聊与子如一兮。

【注释】

①庶：幸。②棘人：罪人。栾（luán）栾：拘束，不自由。③慱（tuán）慱：忧苦不安。④韠（bì）：即蔽膝，古代官服装饰，革制，缝在腹下膝上。

【译文】

见到你戴着白帽，监禁中憔悴煎熬，我心忧虑而烦恼。

见到你穿着白衣，我真心悲伤难抑，愿和你一同归天去。

见到你穿白蔽膝，我心里愁思郁积，愿和你共同赴黄泉。

隰有苌楚

隰有苌楚[①]，猗傩其枝[②]。夭之沃沃[③]，乐子之无知！

隰有苌楚，猗傩其华。夭之沃沃，乐子之无家！

隰有苌楚，猗傩其实。夭之沃沃，乐子之无室！

【注释】

①隰（xí）：低湿的地方。苌（cháng）楚：羊桃。②猗傩（ē nuó）：义同“婀娜”，柔软的样子。③夭：少，此指幼嫩。沃沃：润泽的样子。

【译文】

洼地有羊桃，枝头迎风摇。柔嫩光泽好，羡慕你无知无烦恼！

洼地有羊桃，花艳枝婀娜。柔嫩光泽好，羡慕你无家真逍遥！

洼地有羊桃，果随枝儿摇。柔嫩光泽好，羡慕你无妻无家小！

匪风

匪风发兮[①]，匪车偈兮[②]。顾瞻周道[③]，中心怛兮[④]。

匪风飘兮，匪车嘌兮[⑤]。顾瞻周道，中心吊兮[⑥]。

谁能亨鱼[⑦]？溉之釜鬵[⑧]。谁将西归？怀之好音。

【注释】

①匪：通“彼”。②偈（jié）：疾驰。③周道：大道。④怛（dá）：痛苦，悲伤。⑤嘌（piāo）：轻快。⑥吊：悲伤。⑦亨：通“烹”。⑧溉：通“概”，意为给予。釜：锅子。鬵（qín）：大锅。

【译文】

大风刮得呼呼响，大车急驰飞一样。回头朝着大路望，让我心中真悲伤。

大风刮起直旋转，大车飞驰如掣电。回头朝着大路望，让我心中真凄惨。

哪位将要煮鱼尝？替他将锅洗干净。哪位将要回西方？托他带封平安信。

曹风

蜉蝣

蜉蝣之羽，衣裳楚楚。心之忧矣，于我归处[①]？

蜉蝣之翼，采采衣服，心之忧矣，于我归息？

蜉蝣掘阅[②]，麻衣如雪。心之忧矣，于我归说？

【注释】

①于我归处：何方是归处。②掘阅：有光泽。

【译文】

蜉蝣有翅膀，衣裳鲜明真漂亮。可恨朝生暮就死，不知何方是归处？

蜉蝣展翅翔，衣衫修饰真华丽。可恨朝生暮就死，不知何方是归息？

蜉蝣多光泽，礼服如雪真洁白。可恨朝生暮就死，不知何方可安歇？

候人

彼候人兮[①]，何戈与祋[②]。彼其之子[③]，三百赤芾[④]。

维鹈在梁[⑤]，不濡其翼[⑥]。彼其之子，不称其服[⑦]。

维鹈在梁，不濡其咮[⑧]。彼其之子，不遂其媾[⑨]。

荟兮蔚兮[⑩]，南山朝隮[⑪]。婉兮娈兮[⑫]，季女斯饥[⑬]。

【注释】

①候人：官名，是看守边境、迎送宾客和治理道路、掌管禁令的小官。②何：通“荷”，扛着。③之子：这个人。④赤芾（fú）：赤色的芾。⑤鹈（tí）：即鹈鹕。⑥濡（rú）：沾湿。⑦称：相称，相配。⑧咮（zhòu）：禽鸟的喙。⑨媾：婚配，婚姻。⑩荟（huì）、蔚：天空阴暗昏沉的样子。⑪跻（jī）：同“跻”，升、登。⑫婉：年轻。⑬季女：少女。

【译文】

那位候人小官啊，肩上扛着戈和棍。可恨那些暴发户，红皮绑腿三百人。

鹈鹕停在水坝上，翅膀滴水不沾身。可笑那些暴发户，所穿衣服不相称。

鹈鹕停在水坝上，尖嘴不沾湿真反常。看看那些暴发户，不能始终如一配。

天色阴沉雾弥漫，南山早上云雾盖。年轻貌美的少女呀，没有粮食饿肚慌。

鸤鸠

鸤鸠在桑[①]，其子七兮。淑人君子[②]，其仪一兮[③]。其仪一兮，心如结兮[④]。

鸤鸠在桑，其子在梅。淑人君子，其带伊丝[⑤]。其带伊丝，其弁伊骐[⑥]。

鸤鸠在桑，其子在棘。淑人君子，其仪不忒[⑦]。其仪不忒，正是四国[⑧]。

鸤鸠在桑，其子在榛[⑨]。淑人君子，正是国人。正是国人，胡不万年。

【注释】

①鸤（shī）鸠：布谷鸟。②淑人：善人。③仪：仪态。④心如结：用心专一。⑤伊：是。⑥弁（biàn）：皮帽。⑦忒（tè）：差错。

⑧正：法则。⑨榛（zhēn）：丛生的树。

【译文】

布谷鸟在桑林筑巢，孵下雏鸟数有七。品性善良的好君子，坚守礼义言行一。坚守礼义言行一，内心操守坚如磐石。

布谷鸟在桑林筑巢，雏鸟嬉戏梅枝间。品性善良的好君子，丝织大带系在腰。丝织大带系在腰，玉饰皮帽花色新鲜。

布谷鸟在桑林筑巢，雏鸟嬉戏枣树上。品性善良的好君子，言行端正无过愆。言行端正无过愆，各国有了模范形象。

布谷鸟在桑林筑巢，雏鸟翻飞栖息丛莽。品性善良的好君子，百姓敬仰作为榜样。百姓敬仰作为榜样，祝他万寿永无疆。

下泉

冽彼下泉①，浸彼苞稂②。忾我寤叹③，念彼周京④。
冽彼下泉，浸彼苞萧⑤。忾我寤叹，念彼京周。
冽彼下泉，浸彼苞蓍⑥。忾我寤叹，念彼京师。
芃芃黍苗⑦，阴雨膏之⑧。四国有王⑧，郇伯劳之⑨。

【注释】

①下泉：从地下涌出的泉水。②苞：丛生。稂（láng）：一种野草。③忾（kài）：叹息。④周京：周朝的京都。与下文“京周”“京师”同义。⑤萧：艾蒿。⑥蓍（shī）：一种用于占卦的草。⑦芃（péng）芃：茂盛而茁壮。⑧有王：朝聘于天子。⑨劳：慰劳。

【译文】

地下涌出那冷泉，一丛高粱浸朽腐。醒来叹息又叹息，不知京都怎么样。

地下涌出那冷泉，一丛艾蒿浸凋零。醒来叹息又叹息，空念京都难回乡。

地下涌出那冷泉，一丛蓍草浸烂死。醒来叹息又叹息，护送晋王荀跞忙。

黍苗茂盛长势旺，一场好雨滋润它。四方诸侯朝天子，郇伯亲来慰劳他。

豳风

七月

七月流火[1]，九月授衣[2]。一之日觱发[3]，二之日栗烈[4]。无衣无褐，何以卒岁？三之日于耜，四之日举趾。同我妇子，馌彼南亩[5]，田畯至喜[6]。

七月流火，九月授衣。春日载阳，有鸣仓庚[7]。女执懿筐[8]，遵彼微行[9]，爰求柔桑。春日迟迟，采蘩祁祁[10]。女心伤悲，殆及公子同归。

七月流火，八月萑苇[11]。蚕月条桑[12]，取彼斧斨[13]。以伐远扬[14]，猗彼女桑[15]。七月鸣鵙[16]，八月载绩。载玄载黄，我朱孔阳[17]，为公子裳。

四月秀葽[18]，五月鸣蜩[19]。八月其获，十月陨萚[20]。一之日于貉[21]，取彼狐狸，为公子裘。二之日其同，载缵武功[22]。言私其豵[23]，献豜于公[24]。

五月斯螽动股[25]，六月莎鸡振羽[26]。七月在野，八月在宇，九月在户，十月蟋蟀入我床下。穹窒熏鼠[27]，塞向墐户[28]。嗟我妇子，曰为改岁，入此室处。

六月食郁及薁，七月亨葵及菽。八月剥枣，十月获稻。为此春酒，以介眉寿。七月食瓜，八月断壶[29]，九月叔苴[30]。采荼薪樗[31]，食我农夫。

九月筑场圃，十月纳禾稼。黍稷重穋[32]，禾麻菽麦。嗟我农夫，我稼既同[33]，上入执宫功[34]。昼尔于茅，宵尔索绹[35]，亟其乘屋[36]，其始播百谷。

二之日凿冰冲冲[37]，三之日纳于凌阴[38]。四之日其蚤[39]，献羔祭韭。九月肃霜[40]，十月涤场。朋酒斯飨[41]，曰杀羔羊。跻彼公堂，称彼兕觥[42]，万寿无疆！

【注释】

①流火：大火星自南方高处向偏西方向下行。②授衣：裁制冬衣。③觱（bì）发：风吹过物体发出的声响。④栗烈：凛冽，寒冷。⑤馌（yè）：送饭。⑥田畯（jùn）：为领主监工的农官。⑦仓庚：黄莺。⑧懿筐：很深的筐。⑨微行：小路。⑩蘩：白蒿。祁祁：形容采蘩妇女众多。⑪萑（huán）苇：荻草与芦苇。⑫条桑：修整桑枝。⑬斨（qiāng）：方孔的斧。⑭远扬：长得特别高或特别长的桑枝。⑮女桑：很嫩的桑叶。⑯鸣鵙（jú）：伯劳鸟。⑰孔阳：色彩十分鲜明的样子。⑱秀：长穗。葽（yāo）：即远志，一种药用植物。⑲蜩（tiáo）：蝉。⑳陨：坠落。萚（tuò）：落叶。㉑于貉（hè）：猎貉。㉒缵（zuǎn）：继续。㉓豵（zōng）：小猪。㉔豜（jiān）：三岁的猪。㉕斯螽（zhōng）：即螽斯，昆虫名。㉖莎鸡：即纺织娘，昆虫名。㉗穹窒：堵住洞穴。㉘塞向：堵塞北窗。㉙壶：葫芦。㉚叔苴（jū）：拾麻籽。㉛荼：苦菜。樗（chū）：苦椿树。㉜重（chóng）：同"穜"，早种晚熟的谷。穋（lù）：同"稑"，晚种早熟的谷。㉝既同：已收齐。㉞宫功：修建宫室。㉟索绹（táo）：搓草绳。㊱乘屋：覆盖屋顶。㊲冲冲：凿冰的声音。㊳凌阴：冰窖。㊴蚤：同"早"，此指早朝，古代一种祭祀仪式。㊵肃霜：即"肃爽"，指天高气爽。㊶朋酒：成双的两壶酒。㊷兕觥（sì gōng）：铜制的犀牛状酒杯。

【译文】

七月大火向西落，九月里妇女把衣授。十一月北风拼命吹，十二月寒气冷飕飕。没有好衣没粗衣，残冬腊月如何熬？正月开始修锄犁，二月里举足到田头。带着妻儿一同去，晌午送饭村南头，监工田官乐开怀。

七月大火向西落，九月妇女缝寒衣。三春太阳暖洋洋，黄莺儿欢唱在枝头。姑娘提着深竹筐，沿着小路向前走，伸手采摘嫩桑叶。春来日子渐渐长，采蒿人多如水流。姑娘心中好伤悲，要随贵人嫁他乡。

七月大火向西落，八月要把芦苇割。三月修剪桑树枝，取来锋利的斧头。除掉高枝与长条，轻采柔桑片片收。七月伯劳声声叫，八月开始把麻织。染成黑色染成黄，我染的大红颜色最艳秀，献给贵人做衣裳。

四月远志长了穗，五月蝉儿阵阵鸣。八月田间收成忙，十月树上叶儿落。十一月里打狗獾，猎得狐狸取下皮，送予贵人做皮袄。十二月猎人会合，继续演练打猎功。打到小猪归自己，猎得大猪献王公。

五月蚱蜢蹬腿叫，六月纺织娘鼓翅。七月里蟋蟀鸣郊野，八月里檐下唱不休，九月蟋蟀进门口，十月钻进我床下。阻塞鼠洞熏老鼠，封好北窗糊门缝。叹我妻儿好可怜，不久新年逢岁首，进入屋里歇个够。

六月食李和葡萄，七月煮葵又煮豆。八月里齐把枣子打，十月里又将稻谷收。酿成春酒美又香，为了主人求长寿。七月里好瓜吃在口，八月里葫芦摘在手，九月里苎麻种子留。采摘苦菜又砍柴，养活农夫把心安。

九月修筑打谷场，十月庄稼收进仓。小米高粱和谷子，粟麻小麦加大豆。叹我农夫真辛苦，庄稼活儿没尽头，又为官家筑宫室。白天要去割茅草，夜里搓绳忙不休，赶紧上房修好屋，春要播种到田畴。

十二月凿冰咚咚响，正月移进冰窖中。二月取冰祭祖先，呈上韭菜和羊羔。九月寒来初降霜，十月清理打谷场。两壶美酒敬客人，宰杀羊羔大家尝。登上公堂同聚会，举杯共同敬主人，齐声欢呼寿无疆。

鸱鸮

鸱鸮鸱鸮[1]，既取我子[2]，无毁我室[3]。恩斯勤斯，鬻子之闵斯[4]！

迨天之未阴雨，彻彼桑土[5]，绸缪牖户。今女下民，或敢侮予！

予手拮据[6]，予所捋荼；予所蓄租[7]，予口卒瘏[8]，曰予未有室家[9]。

予羽谯谯[10]，予尾翛翛[11]。予室翘翘[12]。风雨所漂摇，予维音哓哓[13]！

【注释】

①鸱鸮（chī xiāo）：猫头鹰。②子：幼鸟。③室：鸟窝。④鬻（yù）：育。闵：病。⑤彻：通“撤”，取。桑土：桑根。⑥拮据：手病，此处意指鸟的脚爪劳累。⑦租：通“苴（jū）”，茅草。⑧卒瘏（tú）：患病。卒通“悴”。⑨室家：鸟窝。⑩谯（qiáo）谯：羽毛稀疏的样子。⑪翛（xiāo）翛：羽毛干枯无光泽的样子。⑫翘翘：危险不稳的状况。⑬哓（xiāo）哓：惊恐的叫声。

【译文】

猫头鹰你这恶鸟，你已夺走我孩子，再不能毁去我窝巢。操心操劳多辛苦，养育孩子早病倒！

趁着天晴未下雨，啄取那桑皮和桑根，捆扎窗子和门户。如今你们这些人，还有谁敢把我欺！

我手操劳已麻木，采来白茅将巢补；蓄积干草来垫底，我嘴积劳成疾也病倒，只为还未筑好的家。

我的翅羽已稀落，我的尾巴已枯焦。我的巢儿太危险，正在风雨中飘摇，我只能惊恐地哀号！

东山

我徂东山，慆慆不归[①]。我来自东，零雨其蒙。我东曰归，我心西悲。制彼裳衣，勿士行枚[②]。蜎蜎者蠋[③]，烝在桑野[④]。敦彼独宿[⑤]，亦在车下。

我徂东山，慆慆不归。我来自东，零雨其蒙。果臝之实[⑥]，亦施于宇[⑦]。伊威在室[⑧]，蠨蛸在户[⑨]。町畽鹿场[⑩]，熠耀宵行[⑪]。不可畏也，伊可怀也。

我徂东山，慆慆不归。我来自东，零雨其蒙。鹳鸣于垤[⑫]，妇叹于室。洒扫穹窒，我征聿至[⑬]。有敦瓜苦[⑭]，烝在栗薪[⑮]。自我不见，于今三年。

我徂东山，慆慆不归。我来自东，零雨其蒙。仓庚于飞，熠耀其羽。之子于归，皇驳其马[⑯]。亲结其缡[⑰]，九十其仪[⑱]。其新孔嘉，其旧如之何！

【注释】

①慆（tāo）慆：久。②士：通“事”。行枚：行军时衔在口中以防止出声的竹棍。③蜎（yuān）蜎：幼虫蜷曲的样子。④烝：久。⑤敦：团状。⑥果臝（luǒ）：葫芦科植物。⑦施（yí）：移。⑧伊威：俗称土虱。⑨蠨蛸（xiāo shāo）：一种蜘蛛。⑩町畽（tuǎn）：动物留下的痕迹。⑪宵行：磷火。⑫垤（dié）：小土丘。⑬聿：将要。⑭瓜苦：一种葫芦。⑮栗薪：束薪，柴堆。⑯皇：指马的毛色黄白相杂。驳：指马的毛色不纯。⑰结缡（lí）：将佩巾结在带子上，这是古代婚仪。⑱九十：形容很多。

【译文】

我到东山去打仗，回家愿望久成空。今天我从东山回，满天小雨雾蒙蒙。才说要从东山归，西望家乡心里悲。家常衣服做一件，不再衔枚上战场。野蚕蜷蜷树上爬，田野桑林是它家。孤身独睡缩成团，睡在那个车底下。

我到东山去打仗，回家愿望久成空。今天我从东山回，满天小雨雾蒙蒙。栝楼藤上结了瓜，藤蔓攀到屋檐下。屋内潮湿生地虱，门前结满蜘蛛网。鹿迹斑斑场上留，夜间萤火点点亮。家园荒凉不可怕，越是荒凉越想家。

我到东山去打仗，回家愿望久成空。今天我从东山回，满天小雨雾蒙蒙。白鹳丘上轻叫喊，妻守空房长哀痛。洒扫屋舍塞鼠洞，盼我征夫早回乡。团团葫芦剖两半，撂上柴堆没人管。自从我们分别后，算来至今已三年。

我到东山去打仗，回家愿望久成空。今天我从东山回，满天小雨雾蒙蒙。当年黄莺正飞翔，毛羽鲜明有辉光。从她过门做新娘，迎亲骏马白透黄。娘为女儿系佩巾，婚仪繁缛求吉祥。新婚最是幸福满，久别重逢该怎样！

破斧

既破我斧，又缺我斨[①]。周公东征，四国是皇[②]。哀我人斯，亦孔之将[③]。

既破我斧，又缺我锜。周公东征，四国是吪[④]。哀我人斯，亦孔之嘉。

既破我斧，又缺我銶。周公东征，四国是遒[⑤]。哀我人斯，亦孔之休[⑥]。

【注释】

①斨（qiāng）：斧的一种。②皇：同“惶”，恐惧。③孔：程度副词，可解释为很、甚、极。将：大。④吪（é）：教化。⑤遒（qiú）：一说固。一说敛。一说臣服。⑥休：美好。

【译文】

我的圆孔斧破折，我的方孔斧缺损。周公率军去东征，四国君主都心惊。可怜我们这平民，能得生还是幸运。

我的圆孔斧破折，我的方孔斧缺损。周公率军去东征，四国百姓被感化。可怜我们这平民，能得生还是喜事。

我的圆孔斧破折，我的方孔斧缺损。周公率军去东征，四国局势已安定。可怜我们这平民，能得生还是美事。

伐柯

伐柯如何[①]？匪斧不克[②]。取妻如何[③]？匪媒不得。
伐柯伐柯，其则不远[④]。我觏之子[⑤]，笾豆有践[⑥]。

【注释】

①伐柯：采伐做斧头柄的木料。②匪：同“非”。③取：通“娶”。④则：原则、方法。⑤觏（gòu）：遇见。⑥笾（biān）豆：古代盛食品的器皿。这里是指迎亲的礼仪有条不紊。

【译文】

怎么砍伐斧子柄？没有斧子不能砍。如何迎娶那姑娘？若无媒人娶不成。

砍斧柄啊砍斧柄，样子就在你跟前。要想见那女子面，摆好食具设酒宴。

九罭

九罭之鱼[①]鳟鲂[②]。我觏之子[③]，衮衣绣裳[④]。
鸿飞遵渚[⑤]，公归无所，于女信处[⑥]。
鸿飞遵陆，公归不复，于女信宿。
是以有衮衣兮！无以我公归兮[⑦]！无使我心悲兮！

【注释】

①九罭（yù）：网眼较小的渔网。②鳟鲂：鳟鱼和鲂鱼。③觏（gòu）：遇见。④衮（gǔn）：古时的高级礼服。⑤遵：沿着。⑥信处：再住一夜称信。处，指住宿。⑦无以：不要让。

【译文】

细眼渔网去打捞，鳟鱼鲂鱼都入网。路上遇见官老爷，龙袍绣裤真美妙。

大雁随着小洲飞，老爷归去无处住，留您再来住一宿。

大雁随着陆地飞，老爷去了不回还，留您在此住两晚。

把您龙袍携起来！我的老爷别走啊！不要让我心忧愁！

狼跋

狼跋其胡[①]，载疐其尾[②]。公孙硕肤[③]，赤舄几几[④]。

狼疐其尾，载跋其胡。公孙硕肤，德音不瑕[⑤]？

【注释】

①跋：踩。胡：颈下垂肉。②载：则。疐（zhì）：同“踬”，跌倒。③硕肤：大腹便便。④赤舄（xì）：赤色鞋。几几：鲜明。⑤瑕：过失。

【译文】

老狼前行踩颈肉，后退又踩长尾巴。贵族公孙体态胖，脚蹬朱鞋神气煞。

老狼后退绊尾跌，前行又踩肥下巴。贵族公孙体态胖，德行名誉差不差？

雅　篇

小雅

鹿鸣

呦呦鹿鸣，食野之苹。我有嘉宾，鼓瑟吹笙。吹笙鼓簧，承筐是将[①]。人之好我，示我周行[②]。

呦呦鹿鸣，食野之蒿。我有嘉宾，德音孔昭[③]。视民不恌[④]，君子是则是效[⑤]。我有旨酒[⑥]，嘉宾式燕以敖[⑦]。

呦呦鹿鸣，食野之芩。我有嘉宾，鼓瑟鼓琴。鼓瑟鼓琴，和乐且湛[⑧]。我有旨酒，以燕乐嘉宾之心。

【注释】

①承筐：奉上礼品。将：送、献。②周行（háng）：大道，引申为大道理。③孔：很。④视：同“示”。恌：同“佻”。⑤则：法则、楷模，此处作动词用。⑥旨：甘美。⑦敖：同“遨”，嬉游。⑧湛（dān）：深厚。

【译文】

野鹿呦呦不停叫，吃那原野之艾蒿。我有尊贵好宾客，相邀弹瑟又吹笙。吹起笙管振簧片，捧筐献礼礼周到。众位宾客关爱我，为我指路多广阔。

野鹿呦呦不停叫，吃那原野之蒿草。我有尊贵好宾客，品德高尚声名好。树范榜样不轻浮，君子循规要仿效。我有美酒香且醇，宾客宴饮乐陶陶。

野鹿呦呦不停叫，吃那原野之芩草。我有尊贵好宾客，弹瑟弹琴奏音乐。弹瑟弹琴奏音乐，融洽欢欣乐尽兴。我有美酒香且醇，宴请嘉宾心愉悦。

四牡

四牡騑騑[1]，周道倭迟[2]。岂不怀归？王事靡盬[3]，我心伤悲。

四牡騑騑，啴啴骆马[4]。岂不怀归？王事靡盬，不遑启处[5]。

翩翩者鵻[6]，载飞载下，集于苞栩[7]。王事靡盬，不遑将父[8]。

翩翩者鵻，载飞载止，集于苞杞。王事靡盬，不遑将母。

驾彼四骆，载骤骎骎[9]。岂不怀归？是用作歌，将母来谂[10]。

【注释】

①騑（fēi）騑：马不停地走而显得疲劳。②倭迟（wēi yí）：亦作"逶迤"，道路迂回遥远的样子。③盬（gǔ）：止息。④啴（tān）啴：喘息的样子。⑤启处：指在家安居休息。⑥鵻（zhuī）：一种短尾的鸟。⑦苞：茂密。⑧将：奉养。⑨骎（qīn）骎：形容马走得很快。⑩谂（shěn）：想念。

【译文】

四匹马儿奔跑累，道路遥远又迂回。谁说不想把家回？官家差事无穷尽，我的心里真伤感。

四匹马儿奔跑疲，黑鬃白马直喘息。谁说不想把家回？官家差事无穷尽，没有时间家中息。

鹁鸪飞翔无拘束，忽高忽低多舒畅，飞累停歇在柞树。官家差事无穷尽，没有时间养老父。

鹁鸪飞翔无拘束，飞飞停停真欢快，飞累歇在枸杞树。官家差事无穷尽，没有时间养老母。

四马驾车同行进，马蹄嘚嘚跑得欢。谁说不想把家回？唱支歌儿诉衷肠，日夜思念我亲娘。

皇皇者华

皇皇者华[①]，于彼原隰[②]。駪駪征夫[③]，每怀靡及[④]。

我马维驹，六辔如濡[⑤]。载驰载驱，周爰咨诹[⑥]。

我马维骐，六辔如丝。载驰载驱，周爰咨谋[⑦]。

我马维骆，六辔沃若[⑧]。载驰载驱，周爰咨度。

我马维骃，六辔既均。载驰载驱，周爰咨询。

【注释】

①皇皇：犹言“煌煌”，形容光彩甚盛。②原隰（xí）：原野上高平之处为原，低湿之处为隰。③駪（shēn）駪：众多疾行貌。④靡及：不及。⑤六辔：古代一车四马，马各二辔，其中两骖马的内辔，系在轼前不用，故称六辔。如濡：新鲜有光泽貌。⑥爰：于。咨诹（zōu）：商量。⑦咨谋：与“咨诹”同义。⑧沃若：光泽盛貌。

【译文】

灿烂的花枝，开遍原野。衔着使命急出差，常有考虑不周全。

驾车驹马壮，六辔润泽鲜妍。赶着车马快速跑，博访广询城和村。

青黑骐马来驾车，六辔闪着素丝光。赶着车马快速跑，广询博访不懈怠。

白身骆马来驾车，六辔柔润油光亮。赶着车马快速跑，不辞辛劳广询访。

杂色骃马来驾车，六辔调度真均匀。赶着车马快速跑，不辞辛劳广征询。

常棣

常棣之华[①]，鄂不韡韡[②]。凡今之人，莫如兄弟。

死丧之威[③]，兄弟孔怀[④]。原隰裒矣[⑤]，兄弟求矣。

脊令在原[⑥]，兄弟急难。每有良朋，况也永叹。

兄弟阋于墙，外御其务[⑦]。每有良朋，烝也无戎[⑧]。

丧乱既平，既安且宁。虽有兄弟，不如友生[⑨]。

傧尔笾豆[⑩]，饮酒之饫[⑪]。兄弟既具，和乐且孺。

妻子好合，如鼓瑟琴。兄弟既翕，和乐且湛。

宜尔室家，乐尔妻帑。是究是图，亶其然乎[⑫]。

【注释】

①常棣：棠棣。②鄂：盛貌。韡（wěi）韡：鲜明貌。③威：通“畏”。④孔怀：最为思念、关怀。⑤裒（póu）：聚。⑥脊令：通“鹡鸰”，一种水鸟。⑦务：通“侮”。⑧烝：久。戎：帮助。⑨友生：友人。⑩傧（bīn）：陈列。⑪饫（yù）：满足。⑫亶（dǎn）：确实。

【译文】

棠棣花开朵朵，花草灼灼放光华。凡今天下所有人，莫如兄弟更亲。

死丧到来最怕，至亲兄弟最关心。原野堆土埋枯骨，兄弟也会相寻。

鹡鸰困在荒野，至亲兄弟相救。虽有良朋好友，安慰只能长叹。

兄弟墙内争吵，同心抗御外侮。虽有亲朋好友，遇难谁能相帮。

死丧祸乱平息，生活安定宁静。虽有亲兄亲弟，反而不如朋友。

摆上佳肴满桌，宴饮酒足饭饱。兄弟今日团聚，祥和欢乐温暖。

妻子孩子和睦，恰如琴瑟协奏。兄弟今日相会，祥和欢乐相守。

全家安然共处，妻儿快乐欢喜。仔细考虑思想，此话是否在理。

伐木

伐木丁丁，鸟鸣嘤嘤。出自幽谷，迁于乔木。嘤其鸣矣，求其友声。相彼鸟矣，犹求友声。矧伊人矣①，不求友生。神之听之，终和且平。

伐木许许，酾酒有芎②。既有肥羜③，以速诸父④。宁适不来⑤，微我弗顾⑥。於粲洒扫⑦，陈馈八簋。既有肥牡，以速诸舅⑧。宁适不来，微我有咎。

伐木于阪，酾酒有衍。笾豆有践，兄弟无远。民之失德，乾糇以愆⑨。有酒湑我⑩，无酒酤我。坎坎鼓我，蹲蹲舞我。迨我暇矣⑪，饮此湑矣。

【注释】

①矧（shěn）：况且。②酾（shī）：过滤。③羜（zhù）：小羊羔。④速：邀请。⑤适：恰巧。⑥微：非。⑦粲：光明的样子。⑧诸舅：异姓亲友。⑨乾糇（hóu）：干粮。愆（qiān）：过错。⑩湑（xǔ）：滤酒。⑪迨（dài）：等待。

【译文】

伐木声声咚咚响，嘤嘤群鸟相和唱。鸟儿出自深谷中，飞往高高大树顶。鸟儿为啥在鸣叫？只是为了觅知音。细细观察那小鸟，也懂求友欲相亲。何况咱们这些人，怎会不知重友情。天上神灵请聆听，天下和乐又安宁。

伐木咔嚓斧声急，筛出美酒喷喷香。既有肥嫩小羊羔，请来叔伯叙亲情。就算他们没能到，不能说我没诚意。清扫房屋示隆重，佳肴八盘桌上齐。备好肥嫩小羊羔，请来舅亲聚集齐。就算他们没能到，他人不能说长短。

伐木就在山坡上，滤酒清清速斟满。盘儿碗儿排整齐，兄弟叙谈不疏远。有人早已失友情，一口干粮致恶交。美酒滤清让我饮，没酒店里买一壶。咚咚鼓声为我响，扬起长袖翩翩舞。待到我有闲暇时，一定把酒喝下肚。

天保

天保定尔，亦孔之固。俾尔单厚[①]，何福不除[②]。俾尔多益，以莫不庶。

天保定尔，俾尔戬穀[③]。罄无不宜[④]，受天百禄。降尔遐福，维日不足[⑤]。

天保定尔，以莫不兴。如山如阜，如冈如陵，如川之方至[⑥]，以莫不增。

吉蠲为饎[⑦]，是用孝享。禴祠烝尝[⑧]，于公先王。君曰卜尔[⑨]，万寿无疆。

神之吊矣[⑩]，诒尔多福。民之质矣，日用饮食。群黎百姓，遍为尔德[⑪]。

如月之恒[⑫]，如日之升。如南山之寿，不骞不崩[⑬]。如松柏之茂，无不尔或承。

【注释】

①俾（bēi）：使。单厚：确实很多。②除：给予。③戬（jiǎn）穀（gǔ）：幸福。④罄：所有。⑤维：通“唯”，唯恐。⑥川之方至：河水涨潮。⑦蠲（juān）：祭祀前沐浴斋戒使清洁。⑧禴（yuè）祠烝尝：一年四季在宗庙里举行的祭祀的名称。⑨君：祭祀中扮演先王的神尸。⑩吊：降临。⑪为：通“化”，感化。⑫恒：指月到上弦。⑬骞（qiān）：因风雨剥蚀而亏损。

【译文】

上天保佑你安定，政权稳固又太平。让你国泰民安，赐尽一切福分。使你得益多又多，叫你国家富庶。

上天保佑你安定，降你福禄与太平。一切称心又如意，众多福禄数不清。给你远方的福分，唯恐一天不够数。

上天保佑你安定，事业蒸蒸好光景。上天恩情如高山，上天恩情如长岭，恩情如潮狂涌来，不断增长真幸运。

吉日沐浴呈酒食，用来祭祀那祖上。四季祭祀祖庙里，先公先王在一道。祖宗开口给你福，江山万代无有尽。

神灵受祭降下土，送给君王多似锦。人民纯朴又善良，衣食无忧真高兴。天下所有老百姓，个个都感你恩情。

你像上弦月近满，又像旭日正东升。你像南山无穷寿，江山万年不崩塌。你像松柏常青翠，子子孙孙永继承。

采薇

采薇采薇[①]，薇亦作止[②]。曰归曰归，岁亦莫止[③]。靡室靡家[④]，猃狁之故[⑤]。不遑启居[⑥]，猃狁之故。

采薇采薇，薇亦柔止。曰归曰归，心亦忧止。忧心烈烈[⑦]，载饥载渴。我戍未定，靡使归聘。

采薇采薇，薇亦刚止。曰归曰归，岁亦阳止。王事靡盬[⑧]，不遑启处。忧心孔疚，我行不来。

彼尔维何？维常之华。彼路斯何？君子之车。戎车既驾，四牡业业。岂敢定居？一月三捷。

驾彼四牡，四牡骙骙。君子所依，小人所腓[⑨]。四牡翼翼，象弭鱼服。岂不日戒？猃狁孔棘！

昔我往矣，杨柳依依。今我来思，雨雪霏霏。行道迟迟，载渴载饥。我心伤悲，莫知我哀！

【注释】

①薇：豆科植物。②作：生。③莫："暮"的本字。岁暮，一年将尽之时。④靡：无。⑤猃狁（xiǎn yǔn）：北方少数民族。⑥不遑：没空。启：跪坐。⑦烈烈：火势很大的样子，此处形容忧心如焚。⑧盬（gǔ）：休止。⑨腓（féi）："庇"的假借字，隐蔽。

【译文】

豆苗采了又采，薇菜新芽已长大。说回家回家，眼看一年又完啦。没有妻室也没有家，都是为与猃狁打仗。没有空闲来坐下，都是为与猃狁打仗。

豆苗采了又采，薇菜柔嫩初发芽。说回家回家，心里忧闷多牵挂。满腔愁绪火辣辣，又饥又渴真苦煞。驻防的地方不能固定，无法使人捎信回家。

豆苗采了又采，薇菜已老发丫杈。说回家回家，又来至十月小阳春。王室差事没完了，想要休息没闲暇。心中永远有痛苦，到如今无法回家。

那盛开着的是什么花？棠棣花开密层层。那驶过的是何人的车？高大战车将军乘。兵车已经驾好，四匹雄马既高又大。哪里能安然住下？一月要争几回胜！

驾起四匹雄马，马儿雄骏高又大。将军威武倚车立，士兵也靠它隐蔽。马儿训练已娴熟，鱼皮箭袋雕弓挂。怎能不天天戒备？猃狁之难很紧急啊！

回想当初出征时，杨柳依依随风摆。如今回来路途上，大雪纷纷满天飞。道路泥泞难行进，又饥又渴很苦累。满腔伤情满腔悲，我的哀痛有谁懂！

出车

我出我车，于彼牧矣。自天子所，谓我来矣。召彼仆夫，谓之载矣。王事多难，维其棘矣。

我出我车，于彼郊矣。设此旐矣，建彼旄矣。彼旟旐斯，胡不旆旆[1]？忧心悄悄[2]，仆夫况瘁[3]。

王命南仲，往城于方。出车彭彭，旂旐央央。天子命我，城彼朔方。赫赫南仲，猃狁于襄。

昔我往矣，黍稷方华[4]。今我来思，雨雪载涂[5]。王事多难，不遑启居[6]。岂不怀归，畏此简书。

喓喓草虫，趯趯阜螽。未见君子，忧心忡忡。既见君子，我心则降[⑦]。赫赫南仲，薄伐西戎[⑧]。

春日迟迟，卉木萋萋。仓庚喈喈，采蘩祁祁。执讯获丑[⑨]，薄言还归[⑩]。赫赫南仲，猃狁于夷。

【注释】

①旆（pèi）旆：旗帜飘扬的样子。②悄悄：心情沉重的样子。③况瘁（cuì）：辛苦憔悴。④方：正值。⑤涂：即“途”。⑥启居：安坐休息。⑦降：安宁。⑧薄：借为“搏”，打击。⑨执讯：捉住审讯。获丑：俘虏。⑩薄：急。还：通“旋”，凯旋。

【译文】

推出战车套上马，待命在那牧地里。有人自王那边来，派我出征到北方。召集驾车武士，为我驾车前驱。国家多灾多难，战事万分火急。

推出战车套上马，集合誓师外郊场。车上插下龟蛇旗，树立干旄随风扬。鹰旗龟旗交错，何不招展挥摇？心忧可否歼敌，士兵行军辛劳。

周王传令南仲军，朔方筑城防敌军。兵车战马多矫健，旗帜鲜明最缤纷。周王传令与我，前去朔方筑城。威风凛凛南仲，扫荡猃狁获战。

当初北征离家乡，麦苗青青正夏初。今日凯旋后，大雪落满道路上。国家又多灾难，闲居哪有工夫。难道我不念家？怕有紧急军书。

草虫咕咕在鸣叫，蚱蜢蹦蹦还跳跳。未曾看见南仲面，内心忧思剪不断。得见想念的人，心中郁闷全解。威风凛凛南仲，把那西戎打跑。

春天白日渐渐长，花木丰茂又葱郁。黄鹂唧唧枝头唱，姑娘采蒿群聚闹。押着俘虏审讯，高高兴兴回营。威风凛凛南仲，猃狁已被驱尽。

杕杜

有杕之杜[①]，有睆其实[②]。王事靡盬[③]，继嗣我日[④]。日月阳止[⑤]，女心伤止，征夫遑止[⑥]。

有杕之杜，其叶萋萋。王事靡盬，我心伤悲。卉木萋止，女心悲止，征夫归止。

陟彼北山，言采其杞。王事靡盬，忧我父母[⑦]。檀车幝幝[⑧]，四牡痯痯[⑨]，征夫不远。

匪载匪来，忧心孔疚[⑩]。斯逝不至，而多为恤。卜筮偕止，会言近止[⑪]，征夫迩止。

【注释】

①杕（dì）：树木孤独。②睆（huǎn）：果实圆浑貌。③靡：没有。盬（gǔ）：停止。④嗣：延长，延续。⑤阳：农历十月，十月又名阳月。⑥遑：闲暇。一说忙。⑦忧：此为使动用法，使父母忧。⑧幝（chǎn）幝：破败。⑨痯（guǎn）痯：疲劳。⑩疚（jiù）：病痛。⑪会言：都说。

【译文】

孤零零的赤棠，果实累累挂树上。国家差事无尽头，服役时间又延续。光阴已临十月间，女子伤心念君郎，远征之人该回乡。

孤零零的赤棠，叶子繁茂碧翠。国家差事无尽头，我心哀伤满是痛。草木萋萋春又来，心中忧思揉碎肠，远征的人该可归。

登上北山心惶惶，边采枸杞边想郎。国家差事无尽头，让我父母也忧愁。檀木的役车已破败，拉车的四马已疲劳，远征的人儿该归来。

人不会来车不装，忧心忡忡苦难耐。预定时间仍没到，我的忧郁似山海。求卜问筮果不变，都说你就快回家来，远征的人就要归来。

鱼丽

鱼丽于罶[①]，鲿鲨。君子有酒，旨且多。

鱼丽于罶，鲂鳢。君子有酒，多且旨。

鱼丽于罶，鰋鲤。君子有酒，旨且有。

物其多矣，维其嘉矣。

物其旨矣，维其偕矣。

物其有矣，维其时矣。

【注释】

①丽（lí）：同“罹”，遭遇。罶（liǔ）：捕鱼的工具。

【译文】

鱼儿落进捕鱼篓，鲿鱼小鲨都鲜活。君子厨中备有酒，那酒甘美又盛多。

鱼儿落进捕鱼篓，鲂鱼鳢鱼嫩而肥。主人有酒宴宾客，又丰足来又甘醇。

鱼儿落进捕鱼篓，鰋鱼鲤鱼一齐煮。主人有酒宴宾客，酒味醇美样样有。

食物丰盛，全是美味佳肴啊。

食物甘美，品种真是齐全啊。

食物尽有，全部都是时鲜啊。

南有嘉鱼

南有嘉鱼，烝然罩罩[①]。君子有酒，嘉宾式燕以乐。

南有嘉鱼，烝然汕汕。君子有酒，嘉宾式燕以衎[②]。

南有樛木[③]，甘瓠累之[④]。君子有酒，嘉宾式燕绥之[⑤]。

翩翩者雏[⑥]，烝然来思。君子有酒，嘉宾式燕又思[⑦]。

【注释】

①烝（zhēng）：众多。②衎（kàn）：快乐。③樛（jiū）：树木向下弯曲。④累：缠绕。⑤绥：安。⑥雏（zhuī）：鸟名，即鹁鸠。

⑦又：通“侑”，劝酒。

【译文】

南国鱼儿美，群游尾儿摇。主人有好酒，宴饮宾客乐陶陶。

南国鱼儿美，群游顺水流。主人有好酒，宴饮宾客乐悠悠。

南国树弯弯，葫芦藤儿紧相缠。主人有好酒，宴饮宾客乐平安。

鹁鸠飞翩翩，群飞至这边。主人有好酒，宴饮宾客频相劝。

南山有台

南山有台[①]，北山有莱[②]。乐只君子，邦家之基。乐只君子，万寿无期。

南山有桑，北山有杨。乐只君子，邦家之光。乐只君子，万寿无疆。

南山有杞，北山有李。乐只君子，民之父母。乐只君子，德音不已。

南山有栲，北山有杻。乐只君子，遐不眉寿[③]。乐只君子，德音是茂[④]。

南山有枸，北山有楰。乐只君子，遐不黄耇？乐只君子，保艾尔后[⑤]。

【注释】

①台：通“薹”，莎草。②莱：藜草。③眉寿：高寿。④茂：美盛。⑤保艾：保养。

【译文】

南山生莎草，北山长绿藜。君子真欢快，为国立根基。君子真欢快，万年寿无期。

南山生绿桑，北山长白杨。君子真欢快，勇为国争光。君子真欢快，万年寿无疆。

南山生枸杞，北山长李树。君子真欢快，百姓好父母。君子真欢快，美名定永驻。

南山生栲树，北山长菩提。君子真欢快，高年寿眉齐。君子真欢快，美德满天地。

南山生枳椇，北山长苦楸。君子真欢快，肯定会长寿。君子真欢快，子孙天庇护。

蓼萧

蓼彼萧斯[①]，零露湑兮[②]。既见君子，我心写兮[③]。燕笑语兮，是以有誉处兮[④]。

蓼彼萧斯，零露瀼瀼。既见君子，为龙为光[⑤]。其德不爽，寿考不忘。

蓼彼萧斯，零露泥泥[⑥]。既见君子，孔燕岂弟[⑦]。宜兄宜弟，令德寿岂。

蓼彼萧斯，零露浓浓。既见君子，鞗革冲冲。和鸾雝雝，万福攸同[⑧]。

【注释】

①蓼（lù）：长而大的样子。②零：滴落。湑（xǔ）：叶子上沾着水珠。③写：舒畅。④誉处：安乐愉悦。⑤为龙为光：为被天子恩宠而荣幸。⑥泥泥：露水很重。⑦孔燕：非常安详。⑧攸同：所聚。

【译文】

艾蒿高又长，露珠点滴凝聚。已见周朝天子，我心十分欢愉。饮宴谈笑频频，乐乐陶陶欢娱。

艾蒿高又长，露珠星点晶亮。已见周朝天子，承受恩宠荣耀。天子美德不变，长寿无尽安康。

艾蒿高又长，露珠纷纷掉落。已见周朝天子，非常安详恺悌。兄弟友爱和睦，美德寿乐天齐。

艾蒿高又长，露珠团团浓密。已见周朝天子，揽辔垂饰摇摆。銮铃鸣响叮当，万福聚于圣躬。

湛露

湛湛露斯[①]，匪阳不晞[②]。厌厌夜饮[③]，不醉无归！

湛湛露斯，在彼丰草。厌厌夜饮，在宗载考[④]。

湛湛露斯，在彼杞棘。显允君子[⑤]，莫不令德[⑥]。

其桐其椅，其实离离[⑦]。岂弟君子，莫不令仪。

【注释】

①湛湛：露珠清莹盛多。②晞：干。　③厌厌：和悦的样子。④考：通“孝”。　⑤显允：光明磊落而诚信忠厚。　⑥令：善美。⑦离离：犹“累累”。

【译文】

浓浓的夜露呀，不晒太阳它不干。和乐的夜饮呀，不到大醉不回家！

浓浓的夜露呀，沾在繁茂野草上。和乐的夜饮呀，宗庙中洋溢着孝道。

浓浓的夜露呀，沾在枸杞酸枣上。坦荡诚信的君子，品德美好有名望。

同类的梧桐山桐，果实累累满枝头。和悦平易的君子，彬彬有礼不酗酒。

彤弓

彤弓弨兮[①]，受言藏之[②]。我有嘉宾[③]，中心贶之[④]。钟鼓既设，一朝飨之[⑤]。

彤弓弨兮，受言载之。我有嘉宾，中心喜之。钟鼓既设，一朝右之。

彤弓弨兮，受言櫜之[⑥]。我有嘉宾，中心好之。钟鼓既设，一朝酬之。

【注释】

①弨（chāo）：弓弦松弛。②藏：珍藏于祖庙中。③嘉宾：有功诸侯。④中心：内心。⑤一朝：整个上午。飨（xiǎng）：用酒食款待宾客。⑥櫜（gāo）：装弓的袋，此处指装入弓袋。

【译文】

红漆雕弓弦松弛，赐予功臣藏家中。我有这些好宾客，诚信赠物表恩宠。钟鼓乐器陈列好，终朝敬酒情意醇。

红漆雕弓弦松弛，赐予功臣家中收。我有这些好宾客，心里欢喜现笑容。钟鼓乐器陈列好，终朝劝酒情意浓。

红漆雕弓弦松弛，赐予功臣插袋中。我有这些好宾客，无限宠爱喜气浓。钟鼓乐器陈列好，从早敬酒到日中。

菁菁者莪

菁菁者莪[①]，在彼中阿[②]。既见君子，乐且有仪。

菁菁者莪，在彼中沚。既见君子，我心则喜。

菁菁者莪，在彼中陵。既见君子，锡我百朋。

泛泛杨舟，载沉载浮。既见君子，我心则休。

【注释】

①菁（jīng）菁：草木茂盛。②阿：山坳。

【译文】

莪蒿葱茏真繁茂，长在向阳南山坳。已经见了那君子，心中快乐好仪表。

莪蒿葱茏真繁茂，长在河心小洲上。已经见了那君子，我的心中乐淘淘。

莪蒿葱茏真繁茂，高高丘陵连根生。已经见了那君子，胜过赏我百千文。

杨木船儿在漂荡，小舟上下随波浪。已经见了那君子，我的心中真欢畅。

六月

六月棲棲[①]，戎车既饬[②]。四牡骙骙[③]，载是常服。猃狁孔炽，我是用急。王于出征，以匡王国。

比物四骊，闲之维则[④]。维此六月，既成我服。我服既成，于三十里[⑤]。王于出征，以佐天子。

四牡修广，其大有颙[⑥]。薄伐猃狁，以奏肤公[⑦]。有严有翼，共武之服[⑧]。共武之服，以定王国。

猃狁匪茹[⑨]，整居焦获。侵镐及方，至于泾阳。织文鸟章，白旆央央。元戎十乘，以先启行。

戎车既安，如轾如轩[⑩]。四牡既佶，既佶且闲。薄伐猃狁，至于大原。文武吉甫，万邦为宪[⑪]。

吉甫燕喜，既多受祉。来归自镐，我行永久。饮御诸友[⑫]，炰鳖脍鲤[⑬]。侯谁在矣，张仲孝友。

【注释】

①棲棲：忙碌紧急的样子。②饬（chì）：整顿，整理。③骙（kuí）骙：马很强壮的样子。④闲：训练。⑤于：往。⑥颙（yōng）：大头大脑的样子。⑦奏：建立。肤公：大功。⑧共：通“恭”，严肃地对待。武之服：打仗的事。⑨茹：柔弱。⑩如轾（zhì）如轩：车身前俯后仰。⑪宪：榜样。⑫御：进献。⑬炰（páo）：蒸煮。脍鲤：切成细条的鲤鱼。

【译文】

六月出兵紧急，整理兵车备战忙。马强壮威武，士兵穿起军衣。猃狁来势凶猛，我方边陲告急。周王命我出征，保我邦国保我王。

四匹黑马配好，御马技术练习忙。正值六月盛夏，做成我军军衣。我军军衣已成，行军一舍尚余。周王命我出征，帮助天子战强梁。

公马四匹高大，宽头大耳气昂昂。只为讨伐猃狁，建立功勋无上。严整肃穆当心，谨慎对待敌军。谨慎对待敌军，卫我国家安我王。

猃狁来势不弱，占据焦获战线长。又犯我镐与方，不久就至泾阳。织有凤鸟纹样，白色大旗明亮。我军十乘兵车，冲锋敌军勇难挡。

兵车已经驶稳，前后俯仰自操纵。公马四匹齐整，步伐整齐从容。只为讨伐猃狁，进军太原猛攻。文武双全吉甫，四方诸侯好榜样。

吉甫宴饮欢喜，接受赏赐多吉祥。从那镐京归来，走了许多日子。设席宴请朋友，蒸鳖脍鲤美食。哪些朋友到场，孝友张仲有名望。

采芑

薄言采芑[①]，于彼新田，于此菑亩。方叔莅止，其车三千，师干之试[②]。方叔率止，乘其四骐，四骐翼翼。路车有奭，簟茀鱼服，钩膺鞗革。

薄言采芑，于彼新田，于此中乡。方叔莅止，其车三千，旂旐央央。方叔率止，约軧错衡，八鸾玱玱[③]。服其命服[④]，朱芾斯皇，有玱葱珩[⑤]。

鴥彼飞隼，其飞戾天[⑥]，亦集爰止。方叔莅止，其车三千，师干之试。方叔率止，钲人伐鼓[⑦]，陈师鞠旅[⑧]。显允方叔[⑨]，伐鼓渊渊，振旅阗阗[⑩]。

蠢尔蛮荆，大邦为仇。方叔元老，克壮其犹[⑪]。方叔率止，执讯获丑。戎车啴啴，啴啴焞焞，如霆如雷。显允方叔，征伐猃狁，蛮荆来威。

【注释】

①芑(qí):一种野菜,苦菜。②试:演习。③瑲(qiāng)瑲,同“玱”,象声词,金玉撞击声。④服:穿起。命服:礼服。⑤葱珩(héng):翠绿色的佩玉。⑥戾:到达。⑦钲人:掌管击钲击鼓的官员。⑧鞠:誓师。⑨显允:高贵英伟。⑩振旅:收兵。阗(tián)阗:击鼓声。⑪犹:通“猷”,谋略。

【译文】

急急忙忙采苦菜,在那郊外新田间,采至这边菑田旁。方叔亲自来检验,战车就有三千辆,士卒舞盾忙操练。方叔统军自有方,驾起战车赶四马,四马齐整气昂扬。大车红漆作装饰,竹席帷子鱼皮箱,牛皮胸带与马缰。

急急忙忙采苦菜,在那郊外新田间,采到村庄的中央。方叔亲自来检验,战车就有三千辆,龙蛇大旗鲜又亮。方叔统率自有方,车毂车衡皮饰装,八个马铃响叮当。朝廷礼服着在身,红色蔽膝闪闪亮,绿色佩玉玱玱响。

鹰隼振翅疾飞翔,忽而高飞上九天,忽而落下栖树上。大将方叔至此地,战车就有三千辆,士卒舞盾操练忙。方叔统率自有方,鼓师击鼓传号令,列阵训话军容壮。方叔军纪明又信,击鼓咚咚阵势强,整军退兵胆气壮。

愚蠢无知那蛮荆,敢同周朝为仇人。方叔乃是大元老,谋划定然很谨严。方叔统率自有方,俘虏敌军定凯旋。战车行军响隆隆,隆隆车声不间断,如那雷霆响云天。方叔军纪明又信,曾征猃狁于北边,也能虎威服荆蛮。

车攻

我车既攻[①],我马既同。四牡庞庞,驾言徂东[②]。
田车既好[③],田牡孔阜[④]。东有甫草,驾言行狩。

之子于苗，选徒嚣嚣⑤。建旐设旄，薄狩于敖。
驾彼四牡，四牡奕奕。赤芾金舄⑥，会同有绎⑦。
决拾既佽，弓矢既调。射夫既同⑧，助我举柴⑨。
四黄既驾，两骖不猗⑩。不失其驰，舍矢如破。
萧萧马鸣，悠悠旆旌。徒御不惊⑪，大庖不盈⑫。
之子于征，有闻无声。允矣君子，展也大成⑬。

【注释】

①攻：修缮。②徂（cú）：往。③田车：猎车。④阜（fù）：高大肥硕有气势。⑤选：通“算”，清点。嚣（áo）嚣：声音嘈杂。⑥赤芾（fú）：红色蔽膝。⑦有绎：连续不断而有次序的样子。⑧同：指比赛射箭的人找到对手。⑨柴（zì）：即“紫”，或作“胔”，堆积的动物尸体。⑩猗（yǐ）：通“倚”，偏差。⑪惊：“警”之假借字，机警。⑫大庖（páo）：天子的厨房。⑬展：诚。

【译文】

猎车修缮已完工，矫健辕马都选出。四匹骏马多强壮，驾车一直奔向东。

猎车装备已完成，四匹骏马威势猛。东方甫田草繁盛，驾车出猎疾驰骋。

国王夏猎在野郊，清点士兵声嘈嘈。队伍前后旌旗飘，敖山打猎士气豪。

驾起四马行原野，四马从容又轻快。红色蔽膝黄色鞋，会集诸侯有序列。

扳指护臂已戴正，弓箭利矢两相配。射击比武好对手，搬运猎物互帮衬。

四匹黄马已起驾，两旁骖马不偏向。驾车驰骋有章法，放箭中靶技艺佳。

凯旋萧萧驷马鸣，迎风飘扬舞旗旌。徒步拉车兵机警，野味满厨充佳肴。

天子猎罢归京城，只见队伍不闻声。真是圣明好天子，成功确实有才能。

吉日

吉日维戊[①]，既伯既祷[②]。田车既好，四牡孔阜。升彼大阜[③]，从其群丑[④]。

吉日庚午，既差我马[⑤]。兽之所同，麀鹿麌麌。漆沮之从，天子之所。

瞻彼中原，其祁孔有。儦儦俟俟[⑥]，或群或友[⑦]。悉率左右，以燕天子。

既张我弓，既挟我矢。发彼小豝，殪此大兕[⑧]。以御宾客，且以酌醴[⑨]。

【注释】

①维：是。②伯："祃"之假借字。祃，指师祭。③阜：山冈。④从：追逐。群丑：指群兽。⑤差：选择。⑥儦（biāo）儦：疾行。俟（sì）俟：缓行。⑦群：三只兽在一起为群。友：两只兽在一起为友。⑧殪（yì）：射死。兕（sì）：大野牛，或谓乃犀牛。⑨醴（lǐ）：甜酒。

【译文】

戊日吉利好时辰，师神马祖俱祭享。猎车坚固更灵巧，四匹公马满身膘。驱车登临大山冈，追逐群兽意气扬。

庚午吉日好时光，匹匹良马选择好。群兽惊慌聚一处，雄鹿雌鹿聚眼前。驱赶野兽至漆沮，敢向周王打猎道。

极目远望原野中，地域辽阔群兽齐。或跑或走野兽多，三五成群结伴戏。左面右面来围赶，等待周王显身手。

我的弓已拉满弦，我的箭已握于手。射中那边小母猪，再发射死大野牛。烹调猎兽宴宾客，举座欢呼又饮酒。

鸿雁

鸿雁于飞，肃肃其羽。之子于征，劬劳于野[①]。爰及矜人[②]，哀此鳏寡[③]。

鸿雁于飞，集于中泽。之子于垣，百堵皆作。虽则劬劳，其究安宅。

鸿雁于飞，哀鸣嗷嗷。维此哲人[④]，谓我劬劳。维彼愚人，谓我宣骄[⑤]。

【注释】

①劬（qú）劳：勤劳辛苦。②矜人：穷苦的人。③鳏（guān）：老而无妻者。寡：老而无夫者。④哲人：通情达理的人。⑤宣骄：骄奢。

【译文】

鸿雁远飞翔，扇动双翅沙沙响。那人离家去远方，野外奔波苦尽尝。可怜皆是穷苦人，鳏寡孤独心哀伤。

鸿雁远飞翔，落在沼泽的中央。那人筑墙服劳役，先后筑起百堵墙。就算辛苦又劳累，不知安身于何方。

鸿雁远飞翔，阵阵哀鸣音嗷嗷。只有那些明白人，懂我作歌咏辛劳。只有那些糊涂虫，道我闲暇发牢骚。

庭燎

夜如何其？夜未央[①]。庭燎之光[②]。君子至止，鸾声将将[③]。

夜如何其？夜未艾[④]。庭燎晣晣[⑤]。君子至止，鸾声哕哕[⑥]。

夜如何其？夜乡晨[⑦]。庭燎有辉[⑧]。君子至止，言观其旂。

【注释】

①央：尽。②庭燎：宫廷中照亮的火炬。③鸾：也作“銮”，

铃。④艾：尽。⑤晣（zhé）晣：明亮。⑥哕（huì）哕：铃声。⑦乡（xiàng）：同“向”。⑧辉：较暗淡的光。

【译文】

已是夜里啥时光？长夜漫漫天未亮。庭上火炬熊熊闪光。早朝诸侯快来到，旗上銮铃叮当响。

已是夜里啥时分？天色蒙蒙还未亮。庭上火炬一片通明。早朝诸侯快来到，旗上銮铃叮咚鸣。

已是夜里啥时辰？长夜将退天将亮。庭中火炬光芒渐昏。早朝诸侯快来到，抬头同看旌旗飘。

沔水

沔彼流水[①]，朝宗于海[②]。鴥彼飞隼[③]，载飞载止。嗟我兄弟，邦人诸友。莫肯念乱[④]，谁无父母？

沔彼流水，其流汤汤。鴥彼飞隼，载飞载扬。念彼不迹[⑤]，载起载行。心之忧矣，不可弭忘。

鴥彼飞隼，率彼中陵。民之讹言，宁莫之惩。我友敬矣，谗言其兴。

【注释】

①沔（miǎn）：流水满溢。②朝宗：归往。③鴥（yù）：鸟疾飞。④念：“尼”之假借字，止。⑤不迹：不循法度。

【译文】

漫漫水溢两岸流，百川归海成汪洋。天上游隼迅疾飞，时而飞翔时停留。可悲可叹我兄弟，还有乡亲和朋友。无人考虑国事乱，谁无父母任怀忧？

漫漫流水两岸溢，浩浩荡荡入海洋。天上游隼迅疾飞，高高翱翔可恣意。上面做事不循法，坐立不安独彷徨。心中愁苦无处诉，久久难忘独自伤。

天上游隼迅疾飞，沿着山陵高翱翔。流言蜚语四处传，不去制止真荒唐。告诫朋友应警惕，种种谣言要提防。

鹤鸣

鹤鸣于九皋[①]，声闻于野。鱼潜在渊，或在于渚[②]。乐彼之园，爰有树檀，其下维萚。他山之石，可以为错[③]。

鹤鸣于九皋，声闻于天。鱼在于渚，或潜在渊。乐彼之园，爰有树檀，其下维榖。他山之石，可以攻玉。

【注释】

①九：虚数，表示很多。皋：沼泽地。②渚：此处指水滩。③错：砺石，可以打磨玉器。

【译文】

沼泽曲折仙鹤鸣，声传四野真清亮。鱼儿潜在深水里，有时浮至渚边停。美丽花园真快乐，檀树高高有树荫，其下灌木叶凋零。他乡山上有宝石，可以用来磨玉英。

幽幽沼泽仙鹤唳，鸣声响亮直上天。鱼儿游在沙洲边，有时潜进渊潭嬉。美丽花园真快乐，檀树高高叶浓密，其下楮树矬又细。他乡山上有宝石，可以用作琢玉器。

祈父

祈父[①]！予王之爪牙。胡转予于恤[②]？靡所止居[③]。

祈父！予王之爪士。胡转予于恤？靡所底止[④]。

祈父！亶不聪[⑤]。胡转予于恤？有母之尸饔[⑥]。

【注释】

①祈父：周代掌兵的官员，即大司马。②恤：忧愁。③靡所：没有处所。④底（zhǐ）：停止。⑤亶（dǎn）：确实。⑥尸：借为“失”。

【译文】

司马！你是国王的爪牙。为何派我去征戍？无住所难安定。

司马！你是卫士的领班。为何派我去征戍？跑来跑去无休止。

司马！你真的不了解情况。为何派我去征戍？家中老母无饭吃。

白驹

皎皎白驹，食我场苗。絷之维之[①]，以永今朝。所谓伊人[②]，于焉逍遥。

皎皎白驹，食我场藿。絷之维之，以永今夕。所谓伊人，于焉嘉客。

皎皎白驹，贲然来思[③]。尔公尔侯[④]，逸豫无期。慎尔优游，勉尔遁思。

皎皎白驹，在彼空谷。生刍一束，其人如玉。毋金玉尔音[⑤]，而有遐心[⑥]。

【注释】

①絷（zhí）：用绳子绊住马足。②伊人：指白驹的主人。③贲（bēn）然：马放蹄急驰貌。④公、侯：此处皆作动词，为公为侯之意。⑤金玉：珍惜之意。⑥遐心：疏远之心。

【译文】

马驹毛色白如雪，请来吃我园中苗。绊住马蹄拴缰绳，尽情欢乐在今朝。想起我那好朋友，在此做客乐逍遥。

马驹毛色白如雪，请来吃我园中嫩豆叶。绊住马蹄拴缰绳，尽情欢乐在今夜。想起我那好朋友，在此做客心意惬。

马驹毛色白如雪，快把车儿往回拉。应在朝堂做公侯，为何安乐无终期。优游度日应谨慎，切勿避世图闲暇。

马驹毛色白如雪，在那深谷自在跑。喂马一把青青草，那人品德如琼英。别后音书莫吝惜，莫要疏远忘友情。

黄鸟

黄鸟黄鸟[①]，无集于榖[②]，无啄我粟。此邦之人，不我肯穀[③]。言旋言归[④]，复我邦族。

黄鸟黄鸟，无集于桑，无啄我粱。此邦之人，不可与明[⑤]。言旋言归，复我诸兄。

黄鸟黄鸟，无集于栩，无啄我黍。此邦之人，不可与处。言旋言归，复我诸父。

【注释】

①黄鸟：黄雀。②榖（gǔ）：楮木。③穀（gǔ）：养育。④旋：通“还”，回归。⑤明：通“盟”，讲信用。

【译文】

黄鸟黄鸟你听着，不要聚在榖树上，不要吃我小米粮。住在这个乡的人，对我实在不善良。常常想要回家去，回我亲爱的故乡。

黄鸟黄鸟你听着，不要聚在桑树上，不要吃我黄粱米。住在这个乡的人，不守信用真荒唐。常常想要回家去，与我兄弟在一起。

黄鸟黄鸟你听着，不要聚在柞树上，不要吃我玉米粮。住在这个乡的人，无法共处相来往。常常想要回家去，回到我的父辈旁。

我行其野

我行其野，蔽芾其樗[①]。昏姻之故，言就尔居[②]。尔不我畜[③]，复我邦家[④]。

我行其野，言采其蓫[⑤]。昏姻之故，言就尔宿。尔不我畜，言归斯复。

我行其野，言采其葍。不思旧姻，求尔新特[⑥]。成不以富，亦祇以异[⑦]。

【注释】

①蔽芾（fèi）：树木茂盛的样子。②就：从。③畜：养活。④邦家：故乡。⑤蓫（zhú）：一种野菜。⑥新特：新配偶。⑦祇（zhǐ）：恰恰。

【译文】

独自行走郊野，樗树枝叶长满树。因为结婚成姻缘，才来同你过生活。你不好好对待我，只好回乡当弃妇。

独自行走郊野，采摘羊蹄情难诉。因为结婚成姻缘，日夜与你在一起。你不好好对待我，回乡我便不再来。

独自行走郊野，采摘葍草心凄楚。不念结发太心狠，却找新人寻欢乐。诚非因为她富有，是你异心相辜负。

无羊

谁谓尔无羊[①]？三百维群[②]。谁谓尔无牛？九十其犉[③]。尔羊来思，其角濈濈。尔牛来思，其耳湿湿。

或降于阿，或饮于池，或寝或讹。尔牧来思，何蓑何笠，或负其糇。三十维物，尔牲则具。

尔牧来思，以薪以蒸，以雌以雄。尔羊来思，矜矜兢兢，不骞不崩。麾之以肱，毕来既升。

牧人乃梦，众维鱼矣，旐维旟矣，大人占之[④]：众维鱼矣，实维丰年。旐维旟矣，室家溱溱。

【注释】

①尔：指放牧牛羊者。②三百：与下文“九十”均为虚指，形容牛羊众多。③犉（chún）：大牛。④大人：太卜之类的官。

【译文】

谁说你家没有羊？三百成群满山丘。谁说你家没有牛？大牛足有九十头。你的羊群归来时，羊角齐簇满山头。你的牛群到来时，只见牛耳晃悠悠。

有的奔跑下高丘，有的池边作小饮，有的睡觉有的醒。牧童归来时已暮，披戴蓑衣和斗笠，有时背着干粮饼。牛羊毛分三十种，牺牲足以祀神灵。

牧童归来时已暮，边砍细柴与粗薪，边猎雌雄天上禽。你的羊群归来时，羊儿小心紧随行，不走失来不散群。只要稍微一挥手，全都跃登羊圈里。

牧人悠悠做个梦，梦到蝗虫化作鱼，旗画龟蛇变为鹰。请到太卜占此梦：蝗虫化鱼乃吉兆，预示明年丰收庆；龟蛇变鹰乃佳征，人丁兴旺更吉利。

十月之交

十月之交[①]，朔月辛卯。日有食之，亦孔之丑。彼月而微，此日而微。今此下民，亦孔之哀。

日月告凶，不用其行。四国无政，不用其良。彼月而食，则维其常。此日而食，于何不臧！

烨烨震电[②]，不宁不令。百川沸腾，山冢崒崩[③]。高岸为谷，深谷为陵。哀今之人，胡憯莫惩[④]？

皇父卿士，番维司徒，家伯维宰，仲允膳夫[⑤]。棸子内史[⑥]，蹶维趣马[⑦]，楀维师氏[⑧]。艳妻煽方处。

抑此皇父，岂曰不时[⑨]？胡为我作，不即我谋。彻我墙屋[⑩]，田卒汙莱。曰“予不戕[⑪]，礼则然矣”。

皇父孔圣，作都于向。择三有事[⑫]，亶侯多藏[⑬]。不慭遗一老[⑭]，俾守我王。择有车马，以居徂向。

黾勉从事[⑮]，不敢告劳。无罪无辜，谗口嚣嚣[⑯]。下民之孽，匪降自天。噂沓背憎[⑰]，职竞由人[⑱]。

悠悠我里[⑲]，亦孔之痗[⑳]。四方有羡，我独居忧。民莫不逸，我独不敢休。天命不彻，我不敢效我友自逸。

【注释】

①交：日月交会。②烨（yè）烨：雷电闪耀。③冢：山顶。崒：通“碎”，崩坏。④胡憯（cǎn）：怎么。⑤仲允：人名。膳夫：掌管周王饮食的官。⑥内史：掌管周王的法令和对诸侯封赏策命的官。⑦马：养马的官。⑧师氏：掌管贵族子弟教育的官。⑨不时：不按时。⑩彻：拆毁。⑪戕（qiāng）：残害。⑫三有事：三有司，即三卿。⑬亶（dǎn）：忠厚，诚实。⑭慭（yìn）：愿意、肯。⑮黾（mǐn）勉：努力。⑯嚣（áo）嚣：众多的样子。⑰噂（zǔn）：汇聚。⑱职：主要。⑲里：“悝”之假借字，忧愁。⑳痗（mèi）：病。

【译文】

九月底来十月初，十月初一辛卯日。天上日食突发生，这种现象是凶兆。月亮昏暗没颜色，太阳惨淡光芒失。如今天下老百姓，非常哀痛难自抑。

日食月食示凶兆，不再遵循常轨道。全因天下无善政，空有贤才不被用。平常月食也曾有，习以为常心不扰。现今日食又出现，坏事临头怎么好。

雷电轰鸣又闪亮，天不安来地无宁。大河小河都沸腾，山峰座座都坍崩。高岸竟然变深谷，深谷却再变高峰。可恨如今掌权人，不修善政制灾凶。

六卿之首是皇父，番氏官职是司徒，冢宰之职家伯掌，仲允御前为膳夫。内史棸子管人事，蹶氏身在趣马职，楀氏掌教官师氏。美妻惑王势正炽。

叹息一声这皇父，莫非真不识时务？为何派我去服役，也不商量就告知。拆我墙又毁我屋，田被水淹终荒芜。还言“不是我残暴，礼法如此不含糊”。

皇父实在很高明，远建向都避灾凶。选择亲信做大官，钱财多得数不清。不愿留下一老臣，让他守护我君王。看重富家有车马，迁往新居结伴行。

尽心竭力做公事，不敢诉苦不敢怨。本来无错更无罪，众口喧嚣进谗言。百姓遭受大灾难，灾难并非降于天。当面谈笑背后恨，罪责应由小人担。

苦恼烦闷恨悠悠，伤神劳心病恹恹。天下之人多欢喜，唯我忧深心不安。众人尽皆享安逸，唯我劳苦不敢闲。只要周朝天命在，不敢学人苟偷安。

小旻

旻天疾威[①]，敷于下土[②]。谋犹回遹[③]，何日斯沮[④]。谋臧不从[⑤]，不臧覆用[⑥]。我视谋犹，亦孔之邛[⑦]。

潝潝訿訿[⑧]，亦孔之哀。谋之其臧，则具是违。谋之不臧，则具是依。我视谋犹，伊于胡底。

我龟既厌，不我告犹[⑨]。谋夫孔多，是用不集。发言盈庭，谁敢执其咎！如匪行迈谋，是用不得于道。

哀哉为犹，匪先民是程，匪大犹是经[⑩]。维迩言是听[⑪]，维迩言是争。如彼筑室于道谋，是用不溃于成[⑫]。

国虽靡止，或圣或否。民虽靡膴[⑬]，或哲或谋，或肃或艾[⑭]。如彼泉流，无沦胥以败！

不敢暴虎，不敢冯河。人知其一，莫知其他。战战兢兢，如临深渊，如履薄冰。

【注释】

①旻（mín）天：秋天，此指苍天。疾威：暴虐。②敷：布施。③回遹（yù）：邪僻。④沮：停止。⑤从：听从，采用。⑥覆：反而。⑦邛（qióng）：毛病，错误。⑧潝（xì）潝：小人党同而相和的样子。訿（zǐ）訿：小人伐异而相毁的样子。⑨犹：策谋。⑩大犹：大道、常规。⑪迩言：指谗佞肤浅的肤浅言论。⑫溃：通“遂”，顺利、成功。⑬膴（wǔ）：肥。⑭艾：有治理国家才能的人。

【译文】

苍天苍天太暴虐，灾难遍布我国界。朝廷策谋全错误，不知何时能止歇。善谋良策无人听，歪门邪道反而行。我看朝廷之谋划，确实有太多弊病。

小人唧喳攻异己，心中悲哀难平息。若有何种好谋略，他们全都不采取。若有何种坏计策，他们全都会同意。我看朝廷之谋划，不知弄至何境地。

占卜灵龟已厌倦，谋略凶吉不再言。谋臣策士实在多，就是没有好意见。议论纷纷满庭中，无人真敢负责任！就像谋划要远行，真到路上没有用。

如此谋划我悲痛，古圣先贤不效法，常规大道不遵从。浅陋之言王爱听，肤浅之见多聚讼。就像盖房问路人，最终无法盖成功。

国家虽然无法度，也有天才和凡夫。人民虽然不富有，还有明哲用善谋，有可治国又严肃。就像长流那泉水，不让衰败和陈腐！

不敢空手打虎去，不敢徒步河中渡。人们只知这危险，不知其他祸事临。面对政局我颤抖，就像临渊需谨慎，就像脚踏薄冰要小心。

小宛

宛彼鸣鸠，翰飞戾天。我心忧伤，念昔先人。明发不寐[①]，有怀二人。

人之齐圣，饮酒温克[②]。彼昏不知，壹醉日富。各敬尔仪，天命不又。

中原有菽[③]，庶民采之。螟蛉有子，蜾蠃负之。教诲尔子，式榖似之[④]。

题彼脊令[⑤]，载飞载鸣。我日斯迈[⑥]，而月斯征。夙兴夜寐，毋忝尔所生[7]。

交交桑扈，率场啄粟。哀我填寡[8]，宜岸宜狱[9]。握粟出卜，自何能穀？

温温恭人，如集于木。惴惴小心，如临于谷。战战兢兢，如履薄冰。

【注释】

①明发：天亮。②温克：善于克制自己以保持温和的仪态。③中原：原中，田野之中。④穀：善。⑤题（dì）：通“睇”，看。⑥迈：远行。⑦忝（tiǎn）：辱没。所生：指父母。⑧填：通“瘨（diān）”，病。⑨岸：诉讼。

【译文】

小小斑鸠不住鸣，高飞破苍旻。我心好忧伤，怀想祖先备感亲。直至天明未入睡，想着父母在世情。

聪明智慧那种人，喝酒克制又从容。可是那些糊涂虫，逢饮必醉日日甚。各位作风要谨慎，国运一起难追踪。

田野长满那豆菜，众人一齐去采摘。螟蛉好像生幼子，蜾蠃会将它背来。你们有子我教育，王位定要好继承。

看那小小的鹡鸰，又翻飞呀又欢鸣。每天在外我奔波，每月在外我远行。起早贪黑忙不停，不要辱没父母名。

小小青雀本食肉，沿途谷场啄小米。自怜贫病更无依，连遇诉讼真可气。抓把米去卜一卦，何时才能得吉利？

温和恭谨那些人，就如爬在高树上。担心害怕真警惕，就像深谷脚边近。心惊胆战太不安，就像踩在薄冰上。

巧言

悠悠昊天，曰父母且。无罪无辜，乱如此幠[1]。昊天已威[2]，予慎无罪。昊天泰幠[3]，予慎无辜。

乱之初生，僭始既涵[4]。乱之又生，君子信谗。君子如怒，乱庶遄沮[5]；君子如祉，乱庶遄已。

君子屡盟，乱是用长。君子信盗，乱是用暴。盗言孔甘，乱是用餤[6]。匪其止共[7]，维王之邛。

奕奕寝庙，君子作之。秩秩大猷[8]，圣人莫之[9]。他人有心，予忖度之。跃跃毚兔，遇犬获之。

荏染柔木[10]，君子树之。往来行言[11]，心焉数之。蛇蛇硕言[12]，出自口矣。巧言如簧，颜之厚矣。

彼何人斯？居河之麋。无拳无勇，职为乱阶。既微且尰[13]，尔勇伊何？为犹将多[14]，尔居徒几何？

【注释】

①怃（hū）：大。②威：暴虐、威怒。③泰怃：太糊涂。④僭（jiàn）：通“谮”，谗言。⑤遄沮：迅速终止。⑥餤（tán）：原意为进食，引申为增多。⑦止共：尽职尽责。⑧秩秩大猷：多而有条理的典章制度。⑨莫：制定。⑩荏（rěn）染：柔弱。⑪行言：流言、谣言。⑫蛇（yí）蛇硕言：夸夸其谈的大话。⑬微：通“癥”，小腿生疮。⑭犹：通“猷”，指诡计。

【译文】

高高远远那苍天，我把你来当父母。没有罪又没有过，竟遇大祸太残酷。苍天已经大发威，但我的确没错处。苍天不察太疏忽，但我确实很无辜。

乱事当初刚出现，谗言已经得宽容。祸乱事再次发生时，君子居然也听从。君子闻谗如怒斥，祸乱速止不严重；君子若能任贤明，祸乱很快可平定。

君子屡次立新盟，祸乱因此无穷尽。君子相信那窃贼，祸乱因此更暴狂。盗贼谗人言甜蜜，祸乱因此获滋养。不尽职守太不该，只能替王酿灾殃。

巍然宫室与宗庙，君子将它来建起。典章制度多完善，圣人将它来订立。他人存心想谗毁，我能揣测能料及。蹦跳流窜那狡兔，遇上猎狗把命送。

娇柔袅娜好树木，君子自身所栽培。流传谣言没定准，心中辨别知真伪。夸夸其谈说大话，口中吐出不费力。巧言动听似鼓簧，厚颜无耻太可恨。

究竟那是什么人？住在河岸水草边。没有才能和勇气，只为祸乱造机缘。腿上生疮脚浮水，你的勇气在哪见？诡计总是那么多，多少同党共作乱？

何人斯

彼何人斯？其心孔艰[①]。胡逝我梁？不入我门？伊谁云从，维暴之云！

二人从行，谁为此祸？胡逝我梁，不入唁我[②]？始者不如今，云不我可[③]！

彼何人斯？胡逝我陈[④]？我闻其声，不见其身。不愧于人？不畏于天？

彼何人斯？其为飘风。胡不自北？胡不自南？胡逝我梁？祇搅我心。

尔之安行，亦不遑舍[⑤]。尔之亟行，遑脂尔车。壹者之来，云何其盱[⑥]！

尔还而入，我心易也[⑦]。还而不入，否难知也。壹者之来，俾我祇也。

伯氏吹埙，仲氏吹篪。及尔如贯，谅不我知[⑧]？出此三物[⑨]，以诅尔斯[⑩]。

为鬼为蜮，则不可得。有靦面目[⑪]，视人罔极[⑫]。作此好歌，以极反侧。

【注释】

①艰：此指用心险恶难测。②唁：慰问。③可：好。④陈：堂下至门的路。⑤遑：空闲。舍：止息。⑥盱（xū）：忧、病，或曰望也。

⑦易：悦。⑧谅：诚。⑨三物：猪、犬、鸡。⑩诅：诅咒。⑪靦(tiǎn)：露面见人之状。⑫罔极：没有准则，指其心多变难测。

【译文】

请问他是什么人？心地阴毒真可恶。为何去看我鱼梁？却不走进我家门？现今还有谁跟他，唯有他那暴虐心！

二人同行妻随夫，究竟是谁惹此祸？为何去看我鱼梁？却不入门慰问我？当初对我还不错，现在翻脸不认人！

请问他是什么人？为何堂前来往行？我只听到他声音，却总不见他形影。你在人前不惭愧？难道不怕天报应？

请问他是什么人？简直像那风飘转。为何来时不自北？为何来时不自南？为何去看我鱼梁？正好让我心生疑。

慢条斯理你出行，也没工夫停一停。急急忙忙你想走，偏又添游把车停。为了你来这一次，多少天我眼望穿！

归家你入我房来，交情如初心欢喜。归家你不进我房，原因又有谁明了。这次你到我家来，气得我都生了病。

长兄吹奏那陶埙，小弟演奏那竹篪。你我本是一线穿，怎不相亲又相知？我愿神坛供三牲，咒你竟然背盟誓。

倘若真是那鬼蜮，行径也就难猜测。你有颜面是人样，行为表现却没准。我只能作这歌，揭穿反复无常人。

巷伯

萋兮斐兮[①]，成是贝锦。彼谮[②]人者，亦已大甚！
哆兮侈兮[③]，成是南箕。彼谮人者，谁适与谋？
缉缉翩翩[④]，谋欲谮人。慎尔言也，谓尔不信。
捷捷幡幡，谋欲谮言。岂不尔受？既其女迁。
骄人好好[⑤]，劳人草草[⑥]。苍天苍天！
视彼骄人，矜此劳人！

彼谮人者，谁适与谋？取彼谮人，投畀豺虎。

豺虎不食，投畀有北。有北不受，投畀有昊。

杨园之道，猗于亩丘。寺人孟子[7]，作为此诗。

凡百君子，敬而听之！

【注释】

①萋、斐（fěi）：都是文采相错的样子。②谮（zèn）人：说坏话诬陷别人的人。③哆（chǐ）：张口的样子。④缉缉：附耳私语状。翩翩：往来迅速的样子。⑤骄人：进谗者。⑥劳人：被谗者。草草：忧愁的样子。⑦寺人：阉人、宦官。

【译文】

五彩丝啊色缤纷，织成贝纹锦。嚼舌头的害人虫，实在太狠心！

将嘴一张何其大，成了簸箕星。嚼舌头的害人虫，谁是他的智多星？

唧唧喳喳来又去，一心要挖陷人阱。劝你说话加小心，不然往后无人听。

喳喳唧唧去又来，千方百计来骗诳。并非没人来上当，总有一天要现相。

骄横的人得意忘了形，受害的人却消沉失意。苍天苍天你在上！管管那些害人虫，可怜这些劳苦人！

嚼舌头的害人虫，是谁教你昧良心？抓住长舌害人虫，扔给虎狼去充饥。如果豺虎不愿吞，丢至北极喂野人。如果北极也不收，送给老天去发落。

一条小路通杨园，小路越过山坡顶。我是阉人叫孟子，编首歌儿为宽心。

过路君子慢慢行，请您为我倾耳听！

谷风

习习谷风[①]，维风及雨[②]。将恐将惧[③]，维予与女[④]。将安将乐，女转弃予[⑤]。

习习谷风，维风及颓[⑥]。将恐将惧，寘予于怀[⑦]。将安将乐，弃予如遗[⑧]。

习习谷风，维山崔嵬。无草不死，无木不萎。忘我大德，思我小怨。

【注释】

①习习：大风声。②维：是。③将：正当。④与：助。⑤转：反而。⑥颓：自上而下的旋风。⑦寘：同“置”。⑧遗：遗忘。

【译文】

谷口呼呼刮大风，风狂雨骤天地摇。当年担惊受怕时，唯我帮你分忧愁。如今富裕且安乐，你却将我抛弃掉。

谷口呼呼刮大风，旋风阵阵不停息。当年担惊受怕时，你搂我于怀抱里。如今富裕且安乐，将我抛开都忘记。

谷口呼呼风不停，吹过高山刮过岭。刮得百草都枯死，刮得树木全凋零。我的好处你都忘，专把小错记在心。

蓼莪

蓼蓼者莪[①]，匪莪伊蒿[②]。哀哀父母，生我劬劳[③]。

蓼蓼者莪，匪莪伊蔚。哀哀父母，生我劳瘁。

瓶之罄矣[④]，维罍之耻。鲜民之生[⑤]，不如死之久矣。无父何怙[⑥]？无母何恃？出则衔恤[⑦]，入则靡至。

父兮生我，母兮鞠我。拊我畜我[⑧]，长我育我，顾我复我，出入腹我。欲报之德。昊天罔极！

南山烈烈，飘风发发。民莫不穀，我独何害！

南山律律，飘风弗弗。民莫不穀，我独不卒[⑨]！

【注释】

①蓼（lù）蓼：长（cháng）又大的样子。②匪：同“非”。③劬（qú）劳：与下章“劳瘁”皆劳累之意。④瓶：汲水器具。罄（qìng）：尽。⑤鲜（xiǎn）：指寡、孤。民：人。⑥怙（hù）：依靠。⑦衔恤：含忧。⑧拊：通“抚”。畜：通“慉”，喜爱。⑨卒：终，指养老送终。

【译文】

看那莪蒿长得高，却非莪蒿为散蒿。可怜我的爹和娘，生我养我太辛劳！

看那莪蒿相依偎，却非莪蒿而是蔚。可怜我的爹和娘，生我养我太劳累！

汲水瓶儿空了底，装水坛子真羞愧。孤儿活在这世上，不如早点赴黄泉。没有亲爹何所依？没有亲娘何所靠？出门行走心含悲，归来双亲俱已没。

爹爹呀你生下我，娘亲呀你喂养我。你们护我疼爱我，养我长大培育我，想我不肯离开我，进出家门怀抱我。如今想报爹娘恩，没想老天降灾祸！

南山高峻难逾越，狂风呼啸刺骨寒。人人都能养爹娘，独我为何遭此殃？

南山高峻难迈过，狂风呼啸尘飞扬。人人都能养爹娘，不能终养独是我！

四月

四月维夏[①]，六月徂暑[②]。先祖匪人[③]，胡宁忍予[④]？
秋日凄凄，百卉具腓[⑤]。乱离瘼矣[⑥]！爰其适归[⑦]？
冬日烈烈，飘风发发。民莫不穀[⑧]，我独何害[⑨]？
山有嘉卉，侯栗侯梅。废为残贼[⑩]，莫知其尤[⑪]。
相彼泉水，载清载浊[⑫]。我日构祸[⑬]，曷云能穀？
滔滔江汉，南国之纪。尽瘁以仕，宁莫我有？

匪鹑匪鸢，翰飞戾天。匪鳣匪鲔，潜逃于渊。

山有蕨薇，隰有杞桋。君子作歌，维以告哀。

【注释】

①四月：指夏历四月。下句“六月”同。②徂（cú）：往。徂暑，意谓盛暑即将过去。③匪人：不是他人。④胡宁：为什么。⑤卉（huì）：草的总名。⑥瘼（mò）：病，疾苦。⑦爰：何。适：往、去。⑧穀（gǔ）：善、好。⑨何：通“荷”，承受。⑩残贼：残害。⑪尤：罪过。⑫载：又。⑬构：“遘”的假借字，遇。

【译文】

四月已经是夏天，六月酷暑即将完。祖先不是别家人，为啥任我受苦难？

秋风萧瑟真凄凉，百草零落百花稀。流离颠沛痛苦深，何处可去何处行？

冬日寒气真凛冽，阵阵狂风肤欲裂。大家生活都美好，独我遭灾多悲切！

好树好花满山栽，既有栗树还有梅。遭受破坏与残害，还不承认是犯罪。

看那山间泉水横，忽儿清来忽儿浑。天天遇上倒霉事，哪能做个有福人？

长江汉水浪滔滔，统领南方诸河道。鞠躬尽瘁为国家，可是没人说我好。

为人不若鹰和雕，振翅高飞上云霄。为人不如鲤和鲟，潜入深渊把命逃。

蕨菜薇菜长山里，杞树桋树生洼地。作首歌儿唱一唱，满腔悲哀说一说。

北山

陟彼北山，言采其杞。偕偕士子[1]，朝夕从事。王事靡盬[2]，忧我父母。

溥天之下，莫非王土；率土之滨[3]，莫非王臣。大夫不均，我从事独贤。

四牡彭彭[4]，王事傍傍[5]。嘉我未老，鲜我方将[6]。旅力方刚[7]，经营四方[8]。

或燕燕居息[9]，或尽瘁事国；或息偃在床[10]，或不已于行。

或不知叫号，或惨惨劬劳[11]；或栖迟偃仰[12]，或王事鞅掌[13]。

或湛乐饮酒，或惨惨畏咎；或出入风议[14]，或靡事不为[15]。

【注释】

①偕偕：健壮貌。②靡盬（gǔ）：无休止。③率土之滨：四海之内。④牡：公马。⑤傍傍：急急忙忙。⑥鲜（xiǎn）：称赞。⑦旅力：体力。旅，通“膂”。⑧经营：规划治理，此处指操劳办事。⑨燕燕：安闲自得貌。⑩息偃：躺着休息。⑪惨惨：又作“懆懆”，忧虑不安貌。劬（qú）劳：辛勤劳苦。⑫栖迟：休息游乐。⑬鞅掌：事多繁忙。⑭风议：放言高论。⑮靡事不为：无事不做。

【译文】

爬上高高的北山，去摘山上枸杞子。体格强壮的士子，从早到晚工作忙。王的差事无休止，无法服侍我父母。

普天之下每寸泥，没有不是王的地；四海之内每个人，没有不是王的臣。大夫分派不公平，派我差事苦难行。

四马驾车把路赶，王事紧迫没个完。夸我年龄正恰当，赞我身强力且壮。体质强壮气血刚，劳走四方理应当。

有人安逸家中坐，有人尽力为王国；有人床榻枕无忧，有人赶路急星火。

有人征发不奉召，有人忧国累断筋；有人享福真悠闲，有人王事常操劳。

有人享受贪杯盏，有人担心灾难来；有人溜达扯闲篇，有人事事都得做。

无将大车

无将大车[①]，祇自尘兮。无思百忧，祇自疧兮[②]。

无将大车，维尘冥冥[③]。无思百忧，不出于颎[④]。

无将大车，维尘雝兮[⑤]。无思百忧，祇自重兮[⑥]。

【注释】

①将：此指推车。②疧（qí）：病痛。③冥冥：昏暗，此处形容尘土迷蒙的样子。④颎（jiǒng）：通“耿”，心绪不宁。⑤雝（yōng）：通“壅”，引申为遮蔽。⑥重：通“肿”，一说借为“恫”，病痛、病累。

【译文】

不要去推那大车，会蒙上一身尘。不要去想烦心事，多想百病来缠身。

不要去推那大车，扬起尘土眯眼睛。不要去想烦心事，想着便会心不宁。

不要去推那大车，推着它尘埃滚滚蔽日遮天。不要去想烦心事，想着就会病缠绵。

鼓钟

鼓钟将将，淮水汤汤，忧心且伤。淑人君子[①]，怀允不忘。

鼓钟喈喈[②]，淮水湝湝，忧心且悲。淑人君子，其德不回[③]。

鼓钟伐鼛，淮有三洲，忧心且妯[④]。淑人君子，其德不犹。

鼓钟钦钦，鼓瑟鼓琴，笙磬同音。以雅以南，以籥不僭。

【注释】

①淑：善。②喈（jiē）喈：声音和谐。③回：邪。④妯（chōu）：因悲伤而动容，心绪不宁。

【译文】

敲起钟来声铿锵，淮河水浩浩汤汤，我心忧愁又悲伤。想起那位好君子，想让人思念怎么能忘。

敲起钟来声和谐，淮河水滔滔不歇，我心忧愁又悲切。想起那位好君子，人品道德不偏斜。

敲起钟来擂起鼓点，乐声回荡淮上三洲，我心悲哀又难受。想起那位好君子，品德高贵千秋传。

敲起钟来声清脆，且鼓瑟来且弹琴，再加笙磬齐奏鸣。演奏雅乐和南乐，吹籥歌舞合拍真切。

信南山

信彼南山[①]，维禹甸之[②]。畇畇原隰，曾孙田之。我疆我理[③]，南东其亩。

上天同云[④]，雨雪雰雰[⑤]，益之以霢霂[⑥]。既优既渥，既霑既足。生我百谷。

疆埸翼翼[⑦]，黍稷彧彧[⑧]。曾孙之穑[⑨]，以为酒食。畀我尸宾[⑩]，寿考万年。

中田有庐，疆埸有瓜。是剥是菹[⑪]，献之皇祖。曾孙寿考，受天之祜。

祭以清酒，从以骍牡，享于祖考。执其鸾刀，以启其毛，取其血膋。

是烝是享，苾苾芬芬[⑫]。祀事孔明，先祖是皇。报以介福。万寿无疆！

【注释】

①信（shēn）：即“伸”，延伸。②甸：治理。③疆：划田界。

④上天：冬季的天空。⑤雰雰：纷纷。⑥霢霂（mài mù）：小雨。⑦埸（yì）：田界。⑧彧（yù）彧：同“郁郁”，茂盛貌。⑨穑：收获庄稼。⑩畀（bì）：给予。⑪菹（zū）：腌菜。⑫苾（bì）：浓香。

【译文】

终南山脉延绵长，大禹治水曾开荒。成片的原野平坦整齐，后代子孙在此垦田。划地界又开沟渠，田陇纵横向四方。

天上乌云密密布，瑞雪纷纷飘四处。再加上细雨蒙蒙，那水分丰沛足量，滋润大地并灌溉四方，让我们庄稼生长旺盛。

田地边界修整好，黄米高粱生长旺。子孙如今获丰收，酒食用谷制作成。可奉神尸待宾朋，愿神灵保佑赐我长生。

田中种植有萝卜，田边地头长瓜蔬。削皮切块腌渍成咸菜，去奉献给伟大的先祖。他们后代福寿无疆，都是皇天保佑赐福禄。

祭坛上满杯清酒倾倒，再供奉公牛色如枣，清酒牛肉敬祖考。手中拿起銮铃刀，剥开牺牲公牛的皮毛，取出牛血牛脂膏。

举行冬祭献佳肴，它们散发出阵阵芳香。仪式庄重而井然有序，列祖列宗们怡然驾临。降下大福作报偿，赐你大寿永无疆。

甫田

倬彼甫田[①]，岁取十千[②]。我取其陈，食我农人。自古有年[③]，今适南亩。或耘或耔，黍稷薿薿[④]。攸介攸止[⑤]，烝我髦士[⑥]。

以我齐明[⑦]，与我牺羊，以社以方。我田既臧，农夫之庆。琴瑟击鼓，以御田祖[⑧]。以祈甘雨，以介我稷黍，以穀我士女。

曾孙来止，以其妇子。馌彼南亩，田畯至喜。攘其左右，尝其旨否。禾易长亩，终善且有。曾孙不怒，农夫克敏。

曾孙之稼，如茨如梁。曾孙之庾，如坻如京。乃求千斯仓，乃求万斯箱。黍稷稻粱，农夫之庆。报以介福，万寿无疆。

【注释】

①倬：广阔。②十千：言其多。③有年：丰收年。④薿（nǐ）薿：茂盛的样子。⑤介：长大。⑥烝：进呈。髦士：英俊人士。⑦齐（zī）明：祭祀用的谷物。⑧御（yà）：同“迓”，迎接。

【译文】

一片大田广无边，年年能收千万担粮。拿出仓里的陈谷，来把我的农夫供。古来都是丰收年，快去南亩走一遭。只见有的锄草有的培土，密麻麻的小米与高粱。等到长大成熟后，田官要我来献上。

替我备好祭祀的谷物，配上羊羔毛色纯，召集农夫同欢乐。我的庄稼获丰收，就是农夫的喜庆与报偿。大家弹着琴瑟敲着鼓，迎来神农表达愿望。祈求上苍降甘霖，让我的作物丰茂苗壮，养活老爷小姐们。

曾孙来到大田间，带着妻子与儿女。一同送饭到田边，田官见了很高兴。特意叫来周围农人，一起把滋味细细品味。茁壮的禾谷覆盖着长陇，长得既好又多丰收在望。曾孙见了很满意，农夫干活很辛勤。

曾孙的庄稼堆得高，就像屋顶与桥梁。曾孙的粮仓装得满，就像小丘与山冈。快快筑起千座谷囤，快造车子上万辆。把收下的谷物全装上，农夫相互庆贺喜气洋洋。这是神灵酬报曾孙的大福，祝愿他寿比南山万寿无疆。

大田

大田多稼[①]，既种既戒[②]，既备乃事[③]。以我覃耜[④]，俶载南亩[⑤]。播厥百谷[⑥]，既庭且硕[⑦]，曾孙是若[⑧]。

既方既皁[⑨]，既坚既好，不稂不莠[⑩]。去其螟螣，及其蟊贼，无害我田稺[⑪]。田祖有神，秉畀炎火。

有渰萋萋[⑫]，兴雨祁祁。雨我公田，遂及我私。彼有不获稺，此有不敛穧，彼有遗秉，此有滞穗，伊寡妇之利。

曾孙来止，以其妇子。馌彼南亩，田畯至喜。来方禋祀[⑬]，以其騂黑，与其黍稷。以享以祀，以介景福[⑭]。

【注释】

①大田：面积广阔的农田。②种：指选种子。③乃事：这些事。④覃（yǎn）：通“剡”，锋利。⑤俶（chù）载：开始从事。⑥厥：其。⑦庭：通“挺”，挺拔。⑧曾孙是若：顺了曾孙的愿望。⑨方：通“房”，指谷粒生嫩壳，但未合满。皁（zào）：指谷壳结成，但未坚实。⑩稂（láng）：指穗粒空瘪的禾。⑪稺（zhì）：幼、幼小。⑫有渰（yǎn）：即“渰渰”，阴云密布的样子。⑬禋（yīn）祀：升烟以祭，泛指祭祀。⑭介：“丐”的假借，祈求。

【译文】

大田宽阔作物多，选完种子修家伙，事前准备都做完。扛着我那锋快犁，去到田里干农活。播种黍稷诸谷物，苗儿挺拔又茁壮，曾孙称心好满意。

庄稼抽穗已结籽，籽粒饱满长得棒，没有空穗与杂草。害虫螟螣全清除，蟊虫贼虫逃不掉，不准伤害我嫩苗。多亏农神的保佑，投进大火把虫烧。

凉风凄凄云满天，小雨下来细绵绵。雨点落在公田中，同时洒至我私田。那儿谷嫩没割过，这里几株漏田间，那里掉下一束禾，这里散穗三五点，照顾寡妇由她捡。

曾孙视察来田地，遇到农妇孩子们。他们送饭至田头，田畯看见很欢喜。曾孙来至正祭神，黄牛黑猪案上摆，小米高粱搭嘉珍。献上祭品来祭祀，祈祷大福赐苍生。

瞻彼洛矣

瞻彼洛矣，维水泱泱。君子至止，福禄如茨[①]。韎韐有奭，以作六师。

瞻彼洛矣，维水泱泱。君子至止，鞞琫有珌[②]。君子万年，保其家室。

瞻彼洛矣，维水泱泱。君子至止，福禄既同[③]。君子万年，保其家邦。

【注释】

①茨：聚集。②鞞（bǐ）：刀鞘。③同：聚集。

【译文】

站在岸边看洛水，水波浩浩白茫茫。国王莅临来这里，福禄如积厚又长。皮蔽膝闪赤色光，号召六军讲武忙。

远望洛水宽又长，水波浩荡不见边。国王莅临来这里，刀鞘玉饰真堂皇。天子万岁福分长，保家卫国安天下。

瞻望奔流的洛水，水势浩浩又茫茫。国王莅临来这里，福禄齐集群情畅。天子万岁寿无限，保卫国家守边疆。

裳裳者华

裳裳者华[①]，其叶湑兮[②]。我觏之子[③]，我心写兮[④]。我心写兮，是以有誉处兮[⑤]。

裳裳者华，芸其黄矣[⑥]。我觏之子，维其有章矣[⑦]。维其有章矣，是以有庆矣。

裳裳者华，或黄或白。我觏之子，乘其四骆。乘其四骆，六辔沃若[8]。

左之左之，君子宜之。右之右之，君子有之。维其有之，是以似之。

【注释】

①裳裳：犹“堂堂”，旺盛鲜艳的样子。②湑（xǔ）：茂盛的样子。③觏（gòu）：遇见。④写：通“泻”，心情舒畅。⑤誉：通“豫”，安乐。⑥芸：色彩浓艳。⑦章：服饰、文采。⑧沃若：光滑柔软的样子。

【译文】

花儿鲜艳在盛开，叶儿繁茂长势好。我遇到了那个人，心里面真舒畅。心里面真舒畅，从此有了安乐家。

花儿鲜艳在盛开，鲜亮花朵是金黄。我遇到了那个人，非常有才华。非常有才华，从此有了喜庆的排场。

花儿鲜艳在盛开，有黄有白真娇艳。我遇到了那个人，驾着四马气轩昂。驾着四马气轩昂，缰绳光滑又柔软。

要往左啊就往左，君子应付很恰当。要往右啊就往右，君子发挥有余地。因他表现有余地，祖业承继有指望。

桑扈

交交桑扈，有莺其羽[1]。君子乐胥[2]，受天之祜。
交交桑扈，有莺其领。君子乐胥，万邦之屏。
之屏之翰[3]，百辟为宪[4]。不戢不难[5]，受福不那[6]。
兕觥其觩[7]，旨酒思柔[8]。彼交匪敖，万福来求。

【注释】

①莺：有文采的样子。②君子：此指群臣。③翰：“干”的假借字，支柱。④百辟：各国诸侯。⑤戢（jí）：克制。难（nuó）：通“傩”，行有节度。⑥那（nuó）：多。⑦兕觥（sì gōng）：牛角酒杯。觩（qiú）：弯曲的样子。⑧旨酒：美酒。

【译文】

青雀叫得悦耳动听，羽毛光亮色彩分明。祝贺诸位常欢乐，受天保佑运气好。

可爱的青雀真灵巧，颈间的羽色真美妙。衮衮诸公同欢乐，国家靠你当屏障。

作为国家屏障与支柱，诸侯把你当典范。克制自己的礼节，就能享受不尽福。

弯弯牛角杯里面，酌满美酒清香浓。不求侥幸不骄傲，万福齐聚随心愿。

鸳鸯

鸳鸯于飞，毕之罗之。君子万年，福禄宜之。
鸳鸯在梁，戢其左翼[①]。君子万年，宜其遐福[②]。
乘马在厩，摧之秣之[③]。君子万年，福禄艾之[④]。
乘马在厩，秣之摧之。君子万年，福禄绥之[⑤]。

【注释】

①戢（jí）：插。②遐：远。③秣（mò）：用粮食喂马。④艾：养。⑤绥：安。

【译文】

鸳鸯双双不分离，遭遇大小罗和网。好人万年寿且康，安享福禄永相爱。

鸳鸯相偎于鱼梁，嘴插左翅睡得香。好人万年寿且康，幸福一生绵绵长。

拉车辕马于马房，每天喂草喂饱它。好人万年寿且康，福禄将他来滋养。

拉车辕马于马槽，每天喂草喂饱它。好人万年寿且康，福禄同享永相保。

頍弁

有頍者弁[①]，实维伊何[②]？尔酒既旨，尔殽既嘉。岂伊异人？兄弟匪他。茑与女萝，施于松柏。未见君子，忧心奕奕。既见君子，庶几说怿[③]。

有頍者弁，实维何期？尔酒既旨，尔肴既时。岂伊异人？兄弟俱来。茑与女萝，施于松上。未见君子，忧心怲怲[④]；既见君子，庶几有臧。

有頍者弁，实维在首。尔酒既旨，尔肴既阜。岂伊异人？兄弟甥舅。如彼雨雪[⑤]，先集维霰[⑥]。死丧无日，无几相见[⑦]。乐酒今夕，君子维宴。

【注释】

①弁（biàn）：皮弁，用白鹿皮制成的圆顶礼帽。②实维伊何：是为伊何。③说怿（yuè yì）：欢欣喜悦。说，通“悦”。④怲（bǐng）怲：忧愁貌。⑤雨（yù）雪：下雪。⑥霰（xiàn）：雪珠。⑦无几：没有多久。

【译文】

皮帽尖尖顶有角，为何将它戴头上？你的酒浆全甘醇，你的肴馔是珍品。来的哪里是外人，都是兄弟没别人。茑草女萝藤蔓长，依着松柏悄攀缘。还未见到君子时，忧心忡忡神不安。而今见到君子面，心中舒畅又开颜。

鹿皮礼帽真好看，为何把它戴头顶？你的酒浆皆甘醇，你的肴馔真佳品。来的哪里是外人？兄弟皆来亲更亲。茑草女萝藤蔓长，依着松枝悄缠绕。还未见到君子时，心中痛苦又忧伤。而今见到君子面，满怀欣喜心境好。

新制皮帽尖尖顶，端端正正戴头上。你的酒浆全甘醇，你的肴馔很丰盛。来的哪里是外人？兄弟甥舅皆姻亲。如同雪花飘眼前，冰珠阵阵落满天。不知何日命归天，时间不多难相见。今夜开怀该畅饮，及时宴乐各尽兴。

车舝

间关车之舝兮[①]，思娈季女逝兮[②]。匪饥匪渴，德音来

括[③]。虽无好友，式燕且喜。

依彼平林[④]，有集维鷮。辰彼硕女[⑤]，令德来教。式燕且誉，好尔无射[⑥]。

虽无旨酒，式饮庶几。虽无嘉肴，式食庶几。虽无德与女，式歌且舞。

陟彼高冈，析其柞薪。析其柞薪，其叶湑兮[⑦]。鲜我觏尔[⑧]，我心写兮。

高山仰止，景行行止。四牡骓骓，六辔如琴。觏尔新昏，以慰我心。

【注释】

①间关：车行时发出的声响。②娈：妩媚可爱。季女：少女。③括：犹“佸”，会合。④依：茂盛的样子。⑤辰：通“珍”，美好。⑥无射（yì）：不厌。⑦湑（xǔ）：茂盛。⑧觏（gòu）：遇见。

【译文】

车轮转动车辖响，美丽姑娘要出阁。不再饥渴抚我心，有德淑女来会合。宴会虽无好朋友，宴饮相庆自欢乐。

丛林茂密满田野，野鸡栖息在树上。那位女娃健又美，德行贤淑有教养。宴饮相庆真欢畅，永远爱你恩情长。

虽然酒味不算美，希望你能喝几杯。虽然没有啥好菜，希望你能吃一点。尽管德行难配你，望你歌舞庆宴会。

登上那高高山冈，柞枝劈来做柴烧。柞枝劈来做柴烧，柞叶繁茂满树梢。今天有幸见到你，心中烦恼全都消。

巍峨高山须仰视，平坦大道可纵驰。驾起四马快速走，挽缰如调琴弦丝。今遇新婚好妻子，甜蜜幸福称美事。

青蝇

营营青蝇，止于樊。岂弟君子，无信谗言。

营营青蝇，止于棘。谗人罔极，交乱四国。

营营青蝇，止于榛。谗人罔极，构我二人[1]。

【注释】

①构：陷害。

【译文】

嗡嗡嘤嘤飞舞的苍蝇，飞到篱笆把身停。和颜悦色的君子啊，害人的谗言莫听信。

嗡嗡嘤嘤飞舞的苍蝇，飞上枣树把身停。谗害人的话儿没标准，搅乱各国不太平。

嗡嗡嘤嘤飞舞的苍蝇，飞上榛树把身停。谗害人的话儿没标准，离间我们老交情。

鱼藻

鱼在在藻，有颁其首[1]。王在在镐，岂乐饮酒。

鱼在在藻，有莘其尾[2]。王在在镐，饮酒乐岂。

鱼在在藻，依于其蒲。王在在镐，有那其居[3]。

【注释】

①颁（fén）：头大的样子。②莘（shēn）：尾巴长的样子。③那（nuó）：安闲的样子。

【译文】

水藻丛中鱼藏身，肥肥大大头儿摆。周王住在京镐城，痛快饮酒乐开怀。

水藻丛中鱼藏身，长长尾巴左右摇。周王住在京镐城，欢饮美酒乐逍遥。

水藻丛中鱼藏身，贴着蒲草真安详。周王住在京镐城，居处安乐好地方。

采菽

采菽采菽，筐之筥之。君子来朝，何锡予之？虽无予之，路车乘马；又何予之，玄衮及黼。

觱沸槛泉[1]，言采其芹。君子来朝，言观其旂。其旂淠淠[2]，鸾声嘒嘒[3]。载骖载驷，君子所届。

赤芾在股，邪幅在下[4]。彼交匪纾[5]，天子所予。乐只君子，天子命之。乐只君子，福禄申之。

维柞之枝，其叶蓬蓬。乐只君子，殿天子之邦[6]。乐只君子，万福攸同。平平左右[7]，亦是率从。

汎汎杨舟，绋缅维之。乐只君子，天子葵之。乐只君子，福禄膍之[8]。优哉游哉，亦是戾矣[9]。

【注释】

①觱（bì）沸：泉水涌出的样子。②淠（pèi）淠：旗帜飘动。③嘒（huì）嘒：铃声有节奏。④邪幅：裹腿。⑤彼交：不急不躁。⑥殿：镇抚。⑦平平：治理。⑧膍（pí）：厚赐。⑨戾（lì）：安定。

【译文】

采大豆呀采大豆，用筐用筥里边盛。君子远道来朝见，王拿什么将他赠？虽然没啥赐给他，路车一辆四匹马。还拿什么将他赠？龙袍绣衣已做成。

泉水沸腾涌向前，采摘芹菜在泉边。诸侯君子来朝拜，看那旗帜逐渐近。旌旗高高随风展，鸾铃阵阵响不断。三马四马驾大车，远方诸侯已来临。

红色蔽膝围股上，下有绑腿斜着裹。不致怠慢不骄狂，天子因此有恩赏。诸侯君子真快乐，天子策命授给他。君子心情多快乐，神赐福禄无灾祸。

柞树枝条一丛丛，它的枝叶密密浓。君子心情多快乐，镇邦定国被看重。诸侯君子真快乐，万种福分来聚拢。左右臣下也干练，君子命令能遵从。

杨木船儿水上漂，绳索系住不动摇。诸侯君子真快乐，天子任才用以道。君子心情多欢畅，福禄厚赐好关照。从容不迫很逍遥，生活安定多美好。

角弓

骍骍角弓[①]，翩其反矣[②]。兄弟昏姻[③]，无胥远矣[④]。
尔之远矣，民胥然矣[⑤]。尔之教矣，民胥傚矣。
此令兄弟[⑥]，绰绰有裕[⑦]。不令兄弟，交相为瘉[⑧]。
民之无良，相怨一方。受爵不让，至于已斯亡[⑨]。
老马反为驹，不顾其后。如食宜饇[⑩]，如酌孔取[⑪]。
毋教猱升木[⑫]，如涂涂附[⑬]。君子有徽猷[⑭]，小人与属[⑮]。
雨雪瀌瀌[⑯]，见晛曰消[⑰]。莫肯下遗[⑱]，式居娄骄[⑲]。
雨雪浮浮，见晛曰流。如蛮如髦，我是用忧。

【注释】

①骍（xīn）骍：弦和弓调和的样子。②翩：此指反过来弯曲的样子。③昏姻：指异姓兄弟。④胥：相。⑤胥：皆。⑥令：善。⑦绰绰：宽裕舒缓的样子。⑧瘉（yù）：病，此指残害。⑨亡：通“忘”。⑩饇（yù）：饱。⑪孔：恰如其分。⑫猱（náo）：猿类，善攀缘。⑬涂：泥土。附：沾着。⑭徽：美。猷：道。⑮与：依附。⑯瀌（biāo）瀌：下雪很盛的样子。⑰晛（xiàn）：日气。⑱遗：通“隤”，柔顺的样子。⑲娄：借为“屡”。

【译文】

角弓精心调整好，卸弦便向反面转。兄弟骨肉和亲戚，不要互相太疏远。

你与兄弟太疏远，百姓都会学坏样。你是这样来教导，百姓都会来效仿。

相互和睦亲兄弟，平安和气少闲话。相互不和亲兄弟，相互残害成冤家。

有些人心不良善，互相怨恨另一方。接受爵位不谦让，事关私利道理忘。

老马用作马驹使，不念后果会如何。如给饭吃要吃饱，酌酒最好量适合。

不教猴子能爬树，就如泥上沾泥土。君子假如有美德，人民自然来依附。

雪花飞落满天飘，一见阳光全融消。小人不愿示谦恭，态度神气耍骄傲。

雪花飞落飘悠悠，一见阳光化水流。小人无礼貌粗鲁，为此让我心烦忧。

菀柳

有菀者柳[①]，不尚息焉[②]。上帝甚蹈[③]，无自暱焉。俾予靖之[④]，后予极焉[⑤]。

有菀者柳，不尚愒焉。上帝甚蹈，无自瘵焉[⑥]。俾予靖之，后予迈焉[⑦]。

有鸟高飞，亦傅于天[⑧]。彼人之心，于何其臻？曷予靖之？居以凶矜？

【注释】

①菀（yù）：树木茂盛。②尚：庶几。③蹈：动，变化无常。④靖：谋。⑤极：同“殛”，惩罚。⑥瘵（zhài）：病。⑦迈：指放逐。⑧傅：至。

【译文】

柳树枯萎叶焦黄，莫要依傍去休息。君王心思反复多，不要与他太亲密。当初任我谋国政，现在贬我去异乡。

柳树枯萎枝叶稀，莫要依傍寻阴凉。君王心思反复多，不要自己寻祸殃。当初任我谋国政，如今放逐去远方。

鸟儿尽力往高飞，最高不过去天上。那人心狠难猜测，走至何处是极限？为何任我谋国政？却又置我于凶险？

都人士

彼都人士，狐裘黄黄。其容不改，出言有章。行归于周，万民所望。

彼都人士，臺笠缁撮[1]。彼君子女，绸直如发[2]。我不见兮，我心不说[3]。

彼都人士，充耳琇实[4]。彼君子女，谓之尹吉。我不见兮，我心苑结。

彼都人士，垂带而厉。彼君子女，卷发如虿。我不见兮，言从之迈。

匪伊垂之，带则有余。匪伊卷之，发则有旟。我不见兮，云何盱矣[5]。

【注释】

①缁撮：青布冠。②绸：通“稠”。③说（yuè）：同“悦”。④琇（xiù）：一种宝石。⑤盱（xū）：忧。

【译文】

京都人士真漂亮，狐皮袍子罩衫黄。他们容貌未曾改，说出话儿像文章。行为举止合忠信，恰是万民所希望。

京都人士真漂亮，草笠布帽戴头上。那些贵族妇女，密直发丝垂两边。如今我都见不到，心里忧愁不舒畅。

京都人士真聪明，玉石坠子耳边加。那些贵族妇女，姓尹姓吉名气大。如今我都看不到，心里忧闷不得宁。

京都人士真美好，衣带下垂两边飘。那些贵族妇女，卷发如蝎往上翘。如今我都看不到，但愿日日随她跑。

不是有意要垂下，衣带本该有余长。不是她要把发卷，青丝自然向上翘。如今我都看不到，为之四顾心忧伤。

采绿

终朝采绿[1]，不盈一匊。予发曲局，薄言归沐。

终朝采蓝，不盈一襜。五日为期，六日不詹。

之子于狩，言韔其弓。之子于钓，言纶之绳。

其钓维何？维鲂及鱮。维鲂及鱮，薄言观者[2]。

【注释】

①绿：通“菉”，草名。②观：多。

【译文】

整个早上采菉草，还是不足两手抱。我的头发乱糟糟，我要回家洗沐好。

整天在外采蓝草，衣兜还是装不足。丈夫约好五日归，六日之后未见到。

他想外出去狩猎，我就替他套好弓。他想外出去垂钓，我就替他理丝绳。

丈夫钓的是什么？鳊鱼鲢鱼真够好。鳊鱼鲢鱼真够好，钓来竟然真不少。

黍苗

芃芃黍苗，阴雨膏之。悠悠南行，召伯劳之。

我任我辇，我车我牛。我行既集[1]，盖云归哉[2]。

我徒我御，我师我旅。我行既集，盖云归处。

肃肃谢功[3]，召伯营之。烈烈征师[4]，召伯成之。

原隰既平，泉流既清。召伯有成，王心则宁。

【注释】

①集：完成。②盖（hé）：同“盍”，何不。③功：工程。④烈烈：威武的样子。

【译文】

黍苗蓬勃真喜人，好雨知时来滋养。众人南行路途遥，召伯慰劳心欢畅。

我挽辇来你肩扛，我扶车来你牵牛。出行任务已完成，何不大家回家乡。

我御车来你步行，编好队伍即出发。出行任务已完成，何不回乡安居家。

神速严整修谢邑，召伯苦心来筹划。威武师旅去施工，召伯用心来组成。

高田低地得修平，井泉河流得疏清。召伯治谢告功成，宣王欢喜心安宁。

隰桑

隰桑有阿[①]，其叶有难[②]。既见君子，其乐如何！

隰桑有阿，其叶有沃。既见君子，云何不乐！

隰桑有阿，其叶有幽[③]。既见君子，德音孔胶。

心乎爱矣，遐不谓矣？中心藏之，何日忘之？

【注释】

①阿（ē）：通“婀”，美。②难（nuó）：通“娜”，盛。③幽：通“黝”，青黑色。

【译文】

洼地桑树真婀娜，枝干茂盛叶子多。我得见了那人儿，快乐滋味没法说！

洼地桑树真婀娜，枝柔叶嫩舞婆娑。我得见了那人儿，我心如何不快乐！

洼地桑树真婀娜，叶儿肥厚黑黝黝。我得见了那人儿，情话绵绵说不够。

心里对他爱恋着呀，为何总不告诉他？心中将他深藏起，哪有一天能忘记？

大雅

文王

文王在上，於昭于天。周虽旧邦，其命维新。有周不显，帝命不时。文王陟降[①]，在帝左右。

亹亹文王[②]，令闻不已[③]。陈锡哉周，侯文王孙子。文王孙子，本支百世。凡周之士，不显亦世[④]。

世之不显，厥犹翼翼[⑤]。思皇多士，生此王国。王国克生，维周之桢[⑥]；济济多士，文王以宁。

穆穆文王，於缉熙敬止[⑦]。假哉天命。有商孙子。商之孙子，其丽不亿[⑧]。上帝既命，侯于周服。

侯服于周，天命靡常[⑨]。殷士肤敏，祼将于京。厥作祼将，常服黼冔。王之荩臣[⑩]。无念尔祖。

无念尔祖，聿修厥德。永言配命，自求多福。殷之未丧师[⑪]，克配上帝[⑫]。宜鉴于殷，骏命不易。

命之不易，无遏尔躬。宣昭义问，有虞殷自天。上天之载，无声无臭。仪刑文王[⑬]，万邦作孚。

【注释】

①陟降：上行曰陟，下行曰降。②亹（wěi）亹：勤勉不倦貌。③令闻：美好的名声。④亦世：犹“奕世”，即累世。⑤厥：其。犹：同“猷”，谋划。⑥桢（zhēn）：支柱，骨干。⑦缉熙：光明。⑧其丽不亿：其数极多。⑨靡常：无常。⑩荩（jìn）臣：忠臣。⑪丧师：指丧失民心。⑫克配上帝：可以与上天之意相称。⑬仪刑：效法。

【译文】

文王神灵升上天，在天上啊放光芒。周虽是古老的邦国，承受天命新气象。这周朝光辉荣耀，天帝的意旨全都遵照。文王神灵升至天庭，在天帝身边多么崇高。

勤勤恳恳周文王，美名永远传扬民间。天帝厚赐他兴起周邦，也赏赐子孙洪福无边。文王的子孙后裔，大宗小宗百世昌。凡周朝继承爵禄的卿士，世代显贵沾荣光。

世代显贵沾荣光，深谋远虑辛勤恭谨。贤德优良的众多人才，在这个王国降临。王国得到成长发展，他们为周朝栋梁之臣。诸多人才济济一堂，文王安宁国富强。

庄重恭敬周文王，行事光明又谨慎。伟大天命所决定，商的子孙成为周的属臣。商的那些后代子孙，数字上亿难估计。天帝既已降意旨，就臣服周朝顺应天命。

商之子孙臣服周朝，可见天命无常能改变。归顺的殷贵族服役勤勉，京师祭飨中作陪伴。他们于祼礼上服役，身佩祭服头戴殷冕。为王献身的忠臣，牢记祖德永勿忘。

牢记祖德永勿忘，修养自身之德行。长久地合乎天命，方能求得多种福分。商不曾失去民心时，能应天命把国享。应该以商为借鉴，天命不是不会变。

天命不是不会变，你自己不要自绝于天。散布显扬美好的名声，顺应天意审慎恭虔。上天行事本就这样，无声无息真渺茫。效法文王好榜样，天下万国永远信服。

棫朴

芃芃棫朴，薪之槱之①。济济辟王②，左右趣之③。
济济辟王，左右奉璋。奉璋峨峨④，髦士攸宜⑤。
淠彼泾舟，烝徒楫之⑥。周王于迈⑦，六师及之。
倬彼云汉⑧，为章于天。周王寿考，遐不作人。
追琢其章⑨，金玉其相。勉勉我王，纲纪四方。

【注释】

①槱（yǒu）：聚积木柴以备燃烧。②辟（bì）王：君王。③趣（qū）：趋向，归向。④峨峨：盛装壮美的样子。⑤髦士：优秀之士。⑥烝徒：众人。⑦于迈：出征。⑧倬（zhuō）：广大。⑨追（duī）：通“雕”。追琢，即雕琢。

【译文】

棫树朴树真茂盛，砍作木柴祭天神。周王恭敬前面行，群臣蜂拥左右跟。

周王气度无人比，群臣手捧玉酒壶。手捧玉壶仪容壮，国士得体为贤俊。

船走泾河波声碎，众人用力齐举桨。周王出发去远征，六军云集威风扬。

宽广银河漫无边，星光灿烂布满天。万寿无疆的周王，培养人才谋虑全。

琢磨良才刻纹花，如金如玉品质佳。勤奋勉励我周王，统治天下治国家。

旱麓

瞻彼旱麓[①]，榛楛济济。岂弟君子，干禄岂弟[②]。
瑟彼玉瓒，黄流在中。岂弟君子，福禄攸降[③]。
鸢飞戾天，鱼跃于渊。岂弟君子，遐不作人[④]。
清酒既载，骍牡既备。以享以祀，以介景福。
瑟彼柞棫，民所燎矣。岂弟君子，神所劳矣。
莫莫葛藟，施于条枚。岂弟君子，求福不回[⑤]。

【注释】

①旱麓：旱山山脚。②干：求。③攸：所。④遐：通“胡”，何。⑤回：邪僻。

【译文】

瞻望旱山那山底，榛树楛树多茂密。平易近人好君子，求福求禄凭平易。

圭瓒酒器有光彩，金勺之内鬯酒满溢。平易近人好君子，天降福禄使人欢喜。

老鹰展翅飞上天，鱼儿摇尾在深渊。平易近人好君子，怎能不去培养青年。

清醇甘酒已满斟，备好红色大公牛。用它上供用它祭，用它求取大福分。

柞树棫树多茂盛，百姓砍来焚烧来祭。平易近人好君子，神灵来把你慰问。

葛藤一片到处长，蔓延缠绕树枝干。平易近人好君子，求福有道不奸邪。

思齐

思齐大任[①]，文王之母。思媚周姜，京室之妇。大姒嗣徽音，则百斯男。

惠于宗公，神罔时怨，神罔时恫[②]。刑于寡妻[③]，至于兄弟，以御于家邦。

雝雝在宫[④]，肃肃在庙。不显亦临，无射亦保[⑤]。

肆戎疾不殄，烈假不瑕[⑥]。不闻亦式，不谏亦入。

肆成人有德，小子有造[⑦]。古之人无斁，誉髦斯士。

【注释】

①齐（zhāi）：通“斋”，端庄貌。②恫（tōng）：哀痛。③刑：同“型”，典型，典范。寡妻：嫡妻。④雝（yōng）雝：和洽貌。宫：家。⑤无射（yì）：即“无斁”，不厌倦。⑥烈假：指害人的疾病。⑦小子：儿童。

【译文】

雍容端庄为太任，文王之母有美名。贤淑美好为太姜，王室之妇在周京。太姒美誉来继承，多子多男王室兴。

文王孝顺其祖宗，祖宗神灵无所怨，祖宗放心不伤痛。示范嫡妻为典型，对待兄弟也相同，治理家国皆亨通。

和和睦睦大家庭，在宗庙中真恭敬。暗处也有神监临，修身不倦保安定。

现今西戎不为患，害人瘟疫不来侵。未闻之事亦合度，虽无谏者也兼听。

现今成人有德行，儿童个个可深造。文王育人勤不怠，士子载誉享美名。

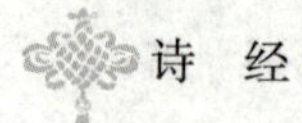

灵台

经始灵台[1]，经之营之。庶民攻之，不日成之。经始勿亟，庶民子来。

王在灵囿，麀鹿攸伏[2]。麀鹿濯濯，白鸟翯翯[3]。王在灵沼，於牣鱼跃[4]。

虡业维枞[5]，贲鼓维镛[6]。於论鼓钟[7]，於乐辟廱。

於论鼓钟，於乐辟廱。鼍鼓逢逢[8]。矇瞍奏公[9]。

【注释】

①经始：开始计划营建。②麀（yōu）鹿：母鹿。③翯（hè）翯：洁白。④牣（rèn）：满。⑤虡（jù）：悬钟的木架。⑥贲（fén）：借为“鼖”，大鼓。⑦论：通“伦”，有次序。⑧鼍（tuó）：扬子鳄。⑨矇（měng）、瞍（sǒu）：古代对盲人的两种称呼。

【译文】

开始营建筑灵台，规划设计善安排。黎民百姓都来干，没花几天即成功。开始营建莫着急，百姓如子自动来。

君王游览灵园中，母鹿懒懒趴树荫。母鹿肥壮皮毛好，白鸟羽翼很洁净。君王在那大池沼，满池鱼儿欢快跳。

钟架横板崇牙配，挂着大鼓和大钟。钟鼓节奏真是美，国王享乐在离宫。

钟鼓节奏真是美，国王享乐在离宫。敲起鼍鼓音蓬蓬，瞽师奏歌是乐队。

下武

下武维周[1]，世有哲王。三后在天，王配于京[2]。

王配于京，世德作求。永言配命，成王之孚。

成王之孚，下土之式。永言孝思[3]，孝思维则。

媚兹一人[4]，应侯顺德。永言孝思，昭哉嗣服。

昭兹来许，绳其祖武。于万斯年，受天之祜。

受天之祜，四方来贺。于万斯年，不遐有佐。

【注释】

①下武：在后继承。②配：指上应天命。③孝思：孝顺先人之思。④媚：爱戴。

【译文】

周人能继祖先业，世代有王皆圣明。三位先王灵在上，武王在镐把国享。

武王在镐把国享，德行能够配先祖。上应天命真久长，成王守信有威望。

成王守信有威望，足为人间好榜样。孝顺祖宗德泽长，德泽长远法先王。

爱戴天子此一人，能承祖德国运昌。孝顺祖宗德泽长，后代争气美名扬。

后代争气美名扬，遵循祖先其足迹。长啊长达千万年，天赐洪福尊享起。

天赐洪福尊享起，四方诸侯来庆贺。长啊长达千万年，怎无辅佐做屏障。

文王有声

文王有声，遹骏有声。遹求厥宁，遹观厥成。文王烝哉！

文王受命，有此武功。既伐于崇，作邑于丰。文王烝哉！

筑城伊淢[①]，作丰伊匹。匪棘其欲，遹追来孝。王后烝哉！

王公伊濯[②]，维丰之垣。四方攸同，王后维翰。王后烝哉！

丰水东注，维禹之绩。四方攸同，皇王维辟。皇王烝哉！

镐京辟廱，自西自东，自南自北，无思不服。皇王烝哉！

考卜维王，宅是镐京③。维龟正之，武王成之。武王烝哉！

丰水有芑，武王岂不仕？诒厥孙谋，以燕翼子。武王烝哉！

【注释】

①淢（xù）：假借为“洫”，即护城河。②濯：本义是洗涤，引申为“光大”义。③宅：指择吉祥之地营建宫室。

【译文】

文王有着好名望，大名鼎鼎四海扬。但求天下享安宁，终看功成国运昌。人人赞美周文王！

受命于天是文王，有此武功气势旺。举兵攻克彼崇国，又建丰邑好漂亮。人人赞美周文王！

挖得城壕筑城墙，作邑般配着实棒。不贪私欲品行好，用心尽孝替周邦。人人赞美周文王！

文王功业自昭彰，他是丰邑的垣墙。四方诸侯往依附，君王主干为栋梁。人人赞美周文王！

丰水奔流往东方，大禹功绩不能忘。四方诸侯往依附，大王立起好榜样。人人赞美周文王！

落成离宫镐京边，既西方又在东方，既南面又在北面，无人不服我周邦。人人赞美周文王！

问卜我王求吉祥，定都镐京好地方。依托神龟定工程，武王落成堪颂扬。英明伟大周武王！

丰水边上有杞柳，武王任重怎不忙？留下安民好策略，庇荫子孙将福享。英明伟大周武王！

行苇

敦彼行苇[1]，牛羊勿践履。方苞方体[2]，维叶泥泥[3]。戚戚兄弟，莫远具尔。或肆之筵[4]，或授之几。

肆筵设席，授几有缉御[5]。或献或酢，洗爵奠斝[6]。醓醢以荐[7]，或燔或炙。嘉殽脾臄[8]，或歌或咢[9]。

敦弓既坚[10]，四鍭既钧，舍矢既均，序宾以贤。敦弓既句，既挟四鍭。四鍭如树，序宾以不侮。

曾孙维主，酒醴维醹；酌以大斗，以祈黄耇[11]。黄耇台背，以引以翼。寿考维祺，以介景福。

【注释】

①敦（tuán）彼：草丛生。②方苞：始茂。③泥泥：叶润泽貌。④肆：陈设。⑤缉御：有人侍候。⑥洗爵：周时礼制。⑦醓（tǎn）：多汁的肉酱。⑧脾：通“膍”，牛胃。臄（jué）：牛舌。⑨咢（è）：只打鼓不伴唱。⑩敦弓：雕弓。⑪黄耇（gǒu）：年高长寿。

【译文】

芦苇丛生长一块儿，别让牛羊践踏它。芦苇初茂刚成形，叶儿柔润有光彩。同胞兄弟最是亲，互相亲近莫分家。陈设竹席来请客，端上茶几摆面前。

铺席设宴上菜肴，侍者轮番端上桌。主宾酬酢共畅饮，洗杯捧盏酒兴高。奉上肉酱请客尝，烧肉烤肉滋味好。牛胃牛舌且煮食，击鼓唱歌人欢笑。

雕弓拉满势坚劲，四支利箭符标准，放手一箭中靶心，较量射技座次分。雕弓张开弦绷紧，箭儿上弦齐准备。四箭竖立靶子中，排列客位不怠慢。

宴会主人是曾孙，供应美酒味甘醇，斟满大杯来敬献，敬祝老人寿无涯。体态龙钟行蹒跚，扶他帮他侍者仁。长命吉祥为人瑞，神明赐送大福分。

既醉

既醉以酒，既饱以德。君子万年，介尔景福[①]。
既醉以酒，尔殽既将[②]。君子万年，介尔昭明[③]。
昭明有融[④]，高朗令终[⑤]。令终有俶[⑥]，公尸嘉告。
其告维何？笾豆静嘉。朋友攸摄，摄以威仪。
威仪孔时，君子有孝子。孝子不匮，永锡尔类。
其类维何？室家之壶。君子万年，永锡祚胤。
其胤维何？天被尔禄。君子万年，景命有仆。
其仆维何？釐尔女士。釐尔女士，从以孙子。

【注释】

①介：借为“丐”，施与。②将：美。③昭明：光明。④有融：盛长之貌。⑤令终：好的结果。⑥俶（chù）：始。

【译文】

美酒喝得醉醺醺，你的恩德我饱受。祝愿主人寿万年，洪福天赐永享有。

美酒喝得醉醺醺，你的佳肴我品尝。祝愿主人寿不尽，成功天赐光明享。

前程远大又光明，德高望重能善终。善终自然有善始，神主良言仔细听。

神主良言是什么？祭品丰美放盘里。宾朋纷纷来助祭，增添光彩重礼仪。

隆重礼仪很合适，主人又有孝子在。孝子永远不曾少，上天赐你好后代。

赐你后代是什么？善理家业存良方。祝愿主人福寿长，宏福天赐后代享。

传到后代怎么样？上天命你当国王。但愿主人长生福，自来天命多奴仆。

奴仆众多怎么样？天赐才女做新娘。天赐才女做新娘，子孙不绝代相传。

凫鹥

凫鹥在泾，公尸来燕来宁[①]。尔酒既清，尔殽既馨。公尸燕饮，福禄来成。

凫鹥在沙，公尸来燕来宜。尔酒既多，尔殽既嘉。公尸燕饮，福禄来为[②]。

凫鹥在渚，公尸来燕来处[③]。尔酒既湑[④]，尔殽伊脯。公尸燕饮，福禄来下。

凫鹥在潨[⑤]，公尸来燕来宗[⑥]。既燕于宗，福禄攸降。公尸燕饮，福禄来崇。

凫鹥在亹[⑦]，公尸来止熏熏。旨酒欣欣，燔炙芬芬。公尸燕饮，无有后艰。

【注释】

①尸：神主。②为：施，加。③处：安乐。④湑（xǔ）：过滤。⑤潨（cóng）：水流汇合之处。⑥宗：借为“悰”，快乐。⑦亹（mén）：对峙如门的山峡口。

【译文】

河里野鸭结成群，神主赴宴多安详。你的美酒清又醇，你的菜肴味道香。神主赴宴来品尝，福禄降临你家门。

野鸭鸥鸟在水滨，神主赴宴来歆享。你的美酒好又多，你的菜肴美又香。神主赴宴来品尝，助你福禄长安康。

野鸭鸥鸟在沙滩，神主赴宴来居住。你的美酒已滤清，你的菜肴有干脯。神主赴宴来品尝，为你降下大福禄。

野鸭鸥鸟港汊中，神主赴宴位居尊。已在宗庙设宴席，福禄降临你家门。神主赴宴来品尝，福禄不断降你身。

野鸭鸥鸟在峡门，神主赴宴醉醺醺。美酒饮来欣欣乐，烧肉烤肉香喷喷。神主赴宴来品尝，从此太平无艰辛。

假乐

假乐君子[1]，显显令德。宜民宜人，受禄于天。保右命之，自天申之。

千禄百福，子孙千亿。穆穆皇皇，宜君宜王。不愆不忘[2]，率由旧章[3]。

威仪抑抑，德音秩秩。无怨无恶，率由群匹。受福无疆，四方之纲。

之纲之纪，燕及朋友。百辟卿士，媚于天子。不解于位，民之攸塈[4]。

【注释】

①假(jiǎ)：通“嘉”，美好。②愆(qiān)：过失。忘：糊涂。③率：循。由：从。④塈(xì)：安宁。

【译文】

周王让人爱又敬，品德高尚心光明。德合庶民和群臣，所得福禄乃天成。保佑辅佐接天命，多赐福禄国昌盛。

千重福禄百重福，子孙千亿无尽数。各个正派又光明，应理天下称君王。从不犯错不迷狂，遵循先祖国太平。

容仪庄美使人敬，政教法令真清明。不怀私怨和私恶，诚恳遵从众贤臣。所得福禄无穷尽，四方把您当准绳。

天下以您为标准，您设筵席酬友宾。众位诸侯和百官，爱戴天子存忠心。勤于职守不懈怠，您使人民心安宁。

泂酌

泂酌彼行潦[1]，挹彼注兹[2]，可以饎馆[3]。岂弟君子，民之父母。

泂酌彼行潦，挹彼注兹，可以濯罍。岂弟君子，民之攸归。

洞酌彼行潦，挹彼注兹，可以濯溉。岂弟君子，民之攸塈。

【注释】

①泂（jiǒng）：远。行（háng）潦（lǎo）：路边的积水。②挹（yì）：舀出。③馈（fēn）：蒸。饎（chì）：饭食。

【译文】

远舀路旁积水潭，将这水缸都装满，能够蒸菜也蒸饭。君子品德好高尚，就像百姓父母般。

远舀路旁积水坑，舀来倒进我水缸，可将酒壶洗清爽。君子品德好高尚，百姓归附心神往。

远舀路旁积水洼，舀进水瓮抱至家，能够洗涤和抹擦。君子品德好高尚，百姓归附爱戴他。

民劳

民亦劳止！汔可小康。惠此中国[①]，以绥四方。无纵诡随[②]，以谨无良。式遏寇虐，憯不畏明[③]。柔远能迩，以定我王。

民亦劳止！汔可小休。惠此中国，以为民逑。无纵诡随，以谨惽怓[④]。式遏寇虐，无俾民忧。无弃尔劳，以为王休[⑤]。

民亦劳止！汔可小息。惠此京师，以绥四国。无纵诡随，以谨罔极。式遏寇虐，无俾作慝[⑥]。敬慎威仪，以近有德。

民亦劳止！汔可小愒。惠此中国，俾民忧泄。无纵诡随，以谨丑厉[⑦]。式遏寇虐，无俾正败。戎虽小子，而式弘大。

民亦劳止！汔可小安。惠此中国，国无有残。无纵诡随，以谨缱绻。式遏寇虐，无俾正反[8]。王欲玉女，是用大谏。

【注释】

①中国：周王朝直接统治的地区。②诡随：诡诈欺骗。③憯（cǎn）：曾，乃。④惛怓（hūn náo）：喧嚷争吵。⑤休：美，此指利益。⑥慝（tè）：恶。⑦丑厉：恶人。⑧正反：政治颠倒。

【译文】

百姓已经够辛苦！请求稍微喘口气。抚爱王畿众百姓，稳定四方诸侯邦。勿要听从欺诈语，谨慎提防不善人。制止暴虐与掠夺，胆大妄为违法纪。安抚远地使亲近，我王安心福安享。

百姓已经够辛苦！请求稍微喘口气。抚爱王畿众百姓，百姓安乐聚一起。勿要听从欺诈语，谨慎提防争吵事。制止暴虐与掠夺，不使百姓太焦急。莫要抛弃旧功劳，成就国王好名声。

百姓已经够辛苦！请求稍微喘口气。抚爱京师老百姓，安稳四方诸侯地。勿要听从欺诈语，谨慎提防无法纪。制止暴虐与掠夺，不使作恶者得意。恭敬庄重显威仪，亲近贤德多学习。

百姓已经够辛苦！请求稍微歇歇力。抚爱王畿众百姓，使我百姓去心病。勿要听从欺诈语，谨慎提防有奸人。制止暴虐与掠夺，不使政事败垂成。您虽是个年轻君，作用很大该估计。

百姓已经够辛苦！请求稍微得安定。抚爱王畿众百姓，国无残酷无酸辛。勿要听从欺诈语，谨慎提防内乱生。制止暴虐与掠夺，不使颠倒我国政。爱你大王如美玉，因此深深规劝你。

烝民

天生烝民[①]，有物有则。民之秉彝[②]，好是懿德。天监有周，昭假于下[③]。保兹天子，生仲山甫。

仲山甫之德，柔嘉维则。令仪令色，小心翼翼。古训是式，威仪是力。天子是若，明命使赋[④]。

王命仲山甫，式是百辟[⑤]。缵戎祖考[⑥]，王躬是保。出纳王命[⑦]，王之喉舌[⑧]。赋政于外，四方爰发[⑨]。

肃肃王命，仲山甫将之。邦国若否[⑩]，仲山甫明之。既明且哲，以保其身。夙夜匪解[⑪]，以事一人。

人亦有言："柔则茹之[⑫]，刚则吐之。"维仲山甫，柔亦不茹，刚亦不吐。不侮矜寡，不畏强御。

人亦有言："德輶如毛，民鲜克举之[⑬]。"我仪图之[⑭]，维仲山甫举之，爱莫助之。衮职有阙[⑮]，维仲山甫补之。

仲山甫出祖，四牡业业。征夫捷捷，每怀靡及。四牡彭彭，八鸾锵锵。王命仲山甫，城彼东方。

四牡骙骙，八鸾喈喈。仲山甫徂齐，式遄其归。吉甫作诵，穆如清风。仲山甫永怀，以慰其心。

【注释】

①烝：众。②秉彝：常理，常性。③假：至。④若：选择。赋：颁布。⑤辟：君，此指诸侯。⑥缵（zuǎn）：继承。⑦出纳：指受命与传令。⑧喉舌：代言人。⑨爰发：乃行。⑩若否：好坏。⑪解（xiè）：通"懈"。一人：指周天子。⑫茹：吃。⑬輶（yóu）：轻。⑭仪图：揣度。⑮职：犹"适"，即偶然。

【译文】

天生众人性相合，万物本来有法则。人之常性与生来，追求善美乃其德。上天临视周王朝，昭明之德施于下。神佑这位周天子，生下山甫辅佐他。

山甫贤良具美德，温和善良具原则。仪态端庄面色好，办事谨慎不出格。遵从古训守法度，勉力做事合礼节。处处承顺天子意，颁布王令管施政。

周王敕令仲山甫，要为诸侯好榜样。继承祖业需弘扬，辅佐天子振朝纲。出令受命你执掌，天子喉舌责任大。发布政令达各地，贯彻执行达四方。

严肃对待王命令，山甫执行很顺当。国内政事好和坏，山甫心中明如镜。既明事理又聪敏，善于应付护自身。日夜工作不懈怠，奉侍周王献忠诚。

有句老话这样讲："柔软东西吃下去，刚硬东西向外吐。"只有这位仲山甫，柔软东西他不吞，刚硬东西倒下肚。鳏夫寡妇不欺辱，碰着强横不退让。

有句老话这样讲："德行就如毛羽轻，很少有人能高举。"我细揣摩且核计，只有山甫能做到，别人敬他难相助。天子龙袍有破缺，只有山甫能弥补。

山甫外出祭路神，四匹公马力强劲。左右随从很勤快，常念王命未完成。四马奋蹄嘚嘚响，八只鸾铃响锵锵。周王命令仲山甫，筑城东方立功勋。

四匹公马蹄不停，八只鸾铃叮当响。仲山甫赴齐去得急，愿他早日回故乡。吉甫作歌送穆仲，乐声和美似清风。山甫临行多顾虑，宽慰其心以建功。

颂篇

周颂

清庙

於穆清庙[①]，肃雝显相[②]！济济多士[③]，秉文之德[④]；对越在天[⑤]，骏奔走在庙[⑥]。不显不承[⑦]，无射于人斯[⑧]！

【注释】

①清庙：清静的宗庙。②肃雝（yōng）：庄重而和顺的样子。③多士：指祭祀时承担各种职事的官吏。④文之德：周文王的德行。⑤对越：犹“对扬”，对是报答，扬是颂扬。⑥骏：敏捷，迅速。⑦不（pī）：通“丕”，大。承（zhēng）：借为“烝”，美盛。⑧射（yì）：借为“斁”，厌弃。

【译文】

庄严而清静的宗庙啊，助祭庄重又雍容！济济一堂的诸多官吏，皆秉承文王的德操；遥对文王在天灵，奔走在庙疾如风。文王盛德延后世，人们仰慕无穷时！

维天之命

维天之命，於穆不已。於乎不显，文王之德之纯。假以溢我[①]，我其收之。骏惠我文王[②]，曾孙笃之。

【注释】

①溢：安静，安宁。②骏惠：顺。

【译文】

是那天道在运行，多么庄严无止息。多么庄严光辉显耀啊，文王的品德真纯正。

仁政使得人安宁，接受恩惠当牢记。

遵循文王路线方针，后辈执行一心一意。

维清

维清缉熙，文王之典[①]。肇禋[②]，迄用有成[③]，维周之祯[④]。

【注释】

①典：法。②肇：开始。禋（yīn）：祭天。③迄：至。④祯：吉祥。

【译文】

多么清明啊多么荣光，因为文王善用兵。自从出师祭天起，直到武王才功成，真是我周王朝大吉祥。

烈文

烈文辟公[①]，锡兹祉福[②]。惠我无疆，子孙保之。无封靡于尔邦[③]，维王其崇之[④]。念兹戎功[⑤]，继序其皇之[⑥]。无竞维人，四方其训之[⑦]。不显维德，百辟其刑之[⑧]。於乎！前王不忘。

【注释】

①烈：光明。辟公：诸侯。②锡（cì）：赐。③靡：罪恶。④崇：尊重。⑤戎：大。⑥序：通"叙"，业。⑦训：导。⑧百辟：众诸侯。刑：通"型"，效法。

【译文】

功德双全诸侯公，赐福享受助祭荣。对我周朝永驯顺，子孙万代受无穷。你们治国勿造罪，便会受我王尊崇。思念先辈创功业，继承祖业更恢宏。与人与世都无争，四方悦服竞相从。先王之德耀天下，诸侯效法蔚成风。先王楷模永记心。

天作

天作高山[①]，大王荒之[②]。彼作矣[③]，文王康之[④]。彼徂矣[⑤]，岐有夷之行，子孙保之。

【注释】

①高山：指岐山北。②荒：扩大，治理。③作：治理。④康：安。⑤徂：往。

【译文】

高耸的岐山自然成，太王经营地更广。荒山变成良田沃野，文王安抚定周邦。他率领民众集岐山，阔步行进康庄大道，子孙永葆这地方。

昊天有成命

昊天有成命[①]，二后受之[②]。成王不敢康[③]，夙夜基命宥密[④]。於缉熙[⑤]，单厥心[⑥]，肆其靖之[⑦]。

【注释】

①成命：既定的天命。②二后：文王与武王。③康：安乐，安宁。④宥（yòu）密：宽仁宁静。⑤缉熙：光明。⑥单：通“殚”，竭尽。⑦肆：巩固。靖：安定。

【译文】

苍天有定命，文、武二王领受之。成王不敢图安逸，日夜谋政宽又静。啊，多么光明，殚尽其衷心，国家巩固天下安。

我将

我将我享[①]，维羊维牛，维天其右之[②]！仪式刑文王之典[③]，日靖四方。伊嘏文王[④]，既右飨之。我其夙夜，畏天之威，于时保之[5]。

【注释】

①享：献祭品。②右：通“佑”，保佑。③仪式：法度。④嘏（jiǎ）：伟大。⑤于时：于是。

【译文】

我将祭品献上，祭品有牛又有羊，保佑我们吧，上天！典章制度效文王，盼着早日平四方。伟大的文王，请尽情享用祭品。我日日夜夜，敬畏上苍的威命，这才能将天下保。

时迈

时迈其邦[1]，昊天其子之，实右序有周[2]。薄言震之[3]，莫不震叠[4]。怀柔百神[5]，及河乔岳[6]。允王维后[7]，明昭有周[8]。式序在位[9]，载戢干戈[10]，载櫜弓矢[11]。我求懿德，肆于时夏。允王保之！

【注释】

①迈：众多。②右：同“佑”，保佑。③震：威严。④震叠：即“震慑”，震惊慑服。叠：通“慑”，畏服。⑤怀柔：安抚。⑥河：此指河神。乔岳：此指山神。⑦允：诚然，的确。⑧明昭：即“昭明”，显著，此为发扬光大的意思。⑨序在位：合理安排在位的诸侯。⑩戢（jí）：收藏。⑪櫜（gāo）：古代盛衣甲或弓箭的皮囊。

【译文】

按时巡视大小邦，上帝使我做君王，神佑周家国运昌。周王声威震天下，天下诸侯都惊慌。祭祀四方山川神，来到黄河泰山上。周王真是好君王，周家德行最光明，满朝称职尽贤良。干戈武器皆收藏，良弓利箭装入囊。我去访求有德士，遍施华夏各地方。周王保持永不忘！

执竞

执竞武王[①]，无竞维烈[②]。不显成康[③]，上帝是皇[④]。自彼成康，奄有四方[⑤]，斤斤其明[⑥]。钟鼓喤喤[⑦]，磬筦将将[⑧]。降福穰穰，降福简简[⑨]。威仪反反[⑩]，既醉既饱，福禄来反[⑪]。

【注释】

①执：借为“鷙”，猛。竞：借为“勍（qíng）”，强。②烈：功绩。③成：周成王。康：周康王。④上帝：指上天。⑤奄：覆盖。⑥斤斤：明察。⑦喤（huáng）喤：声音洪亮和谐。⑧将（qiāng）将：声音盛多。⑨简简：大。⑩威仪：祭祀时的礼节仪式。反反：慎重。⑪反：同“返”，回归，有报答之意。

【译文】

勇猛强悍是武王，功业无人能比上。功成名就成与康，上天赞赏命久长。从那成康时代始，一统天下有四方，英明善察好眼光。敲钟打鼓声洪亮，击磬吹管悠扬乐。上天赐福降吉祥，帝赐大福自天降。仪态慎重且大方，酒足量来饭饱肠，福禄回馈绵绵长。

思文

思文后稷[①]，克配彼天[②]。立我烝民[③]，莫匪尔极[④]。贻我来牟，帝命率育。无此疆尔界，陈常于时夏[⑤]。

【注释】

①文：文德，即治理国家、发展经济的功德。②克：能够。③立：通“粒”，米食。④极：无量功德。⑤夏：中国。

【译文】

追思先祖后稷之功德，功德无愧配上天。养育亿万个民众，无比恩惠刻心田。留下优良的麦种，天命以保百族延。农耕无须分疆界，全国推广建乐园。

臣工

嗟嗟臣工[1]，敬尔在公[2]。王釐尔成[3]，来咨来茹[4]。嗟嗟保介[5]，维莫之春[6]，亦又何求[7]？如何新畬[8]。於皇来牟[9]，将受厥明[10]。明昭上帝[11]，迄用康年[12]。命我众人，庤乃钱鎛[13]，奄观铚艾[14]。

【注释】

①臣工：群臣百官。②在公：为公家工作。③釐：通“赉（lài）”，赐。成：指成法。④茹：调度。⑤保介：田官。⑥莫（mù）：古“暮”字，莫之春即暮春，麦将成熟时。⑦求：需求。⑧新畬（yú）：耕种两年的田叫新，耕种三年的田叫畬。⑨来牟：麦子。⑩厥明：厥，其，指代将熟之麦。⑪明昭：明智而洞察。⑫迄用：终于。康年：丰年。⑬庤（zhì）：储备。⑭奄观：即视察之意。

【译文】

群臣百官听我言，你们勤谨做公务。王赐与你们成法，你们需商量研究调度。农官你要忠职守，正是暮春好时节，还有什么要筹划？如何整治新田畴。多茂盛的麦子，看来即将获得好收成。光明伟大的神灵，终于赐给好丰年。命令我的农人们，收好你们的锹和锄，他日一起看开镰。

噫嘻

噫嘻成王！既昭假尔[1]。率时农夫，播厥百谷。

骏发尔私[2]，终三十里[3]。亦服尔耕[4]，十千维耦。

【注释】

①昭假（gé）：招请。②骏：通“畯”，田官。③终：井田制的土地单位之一。④服：配合。

【译文】

成王轻声感叹祈告！一片虔诚与神通。我要率领这众多农夫，安排农事快播种。

田官推动你们的耜，在一终三十里的田野上。从事耕作要抓紧，万人耦耕结为五千双。

振鹭

振鹭于飞[1]，于彼西雝[2]。我客戾止，亦有斯容。

在彼无恶，在此无斁[3]。庶几夙夜，以永终誉。

【注释】

①振：群飞的样子。②雝（yōng）：水泽。③斁（yì）：厌弃。

【译文】

一群白鹭冲天飞，在那西边大泽畔。我有嘉宾来助祭，也穿洁白好衣裳。

在那宋地没人厌，在这周地受欢迎。谨慎勤勉日复夜，美名荣誉四海扬。

丰年

丰年多黍多稌，亦有高廪[1]，万亿及秭[2]。为酒为醴，烝畀祖妣[3]。以洽百礼[4]，降福孔皆。

【注释】

①廪：粮仓。②秭（zǐ）：数词，十亿。③畀（bì）：给予。祖妣：男女祖先。④洽：配合。百礼：各种礼仪。

【译文】

丰收年谷车载斗量，谷场边高耸的粮仓，亿斛万斛好储藏。酿成美酒千杯香，祭祀祖先的灵前。各种祭典都举行，齐天洪福万户降。

有瞽

有瞽有瞽[①]，在周之庭。设业设虡[②]，崇牙树羽[③]。应田县鼓[④]，鞉磬柷圉[⑤]。既备乃奏[⑥]，箫管备举[⑦]。喤喤厥声[⑧]，肃雍和鸣[⑨]，先祖是听。我客戾止，永观厥成。

【注释】

①瞽（gǔ）：盲人。这里指周代的盲人乐师。 ②业：悬挂乐器的横木上的大板。虡（jù）：悬挂乐器的直木架，上有业。 ③崇牙：业上用以挂乐器的木钉。 ④应：小鼓。田：大鼓。县（xuán）："悬"的本字。 ⑤鞉（táo）：一种立鼓。 ⑥备：安排就绪。 ⑦箫管：竹制吹奏乐器。 ⑧喤（huáng）喤：乐声大而和谐。 ⑨肃雍（yōng）：肃穆舒缓。

【译文】

盲乐师组成乐队，排列宗庙大堂上。摆起悬挂钟鼓的乐架，装饰着五彩的羽毛。小鼓大鼓各就位，鞉磬柷圉安放有条理。一切就绪开始演奏，箫管齐鸣乐音缭绕。众乐交响声音洪亮，肃穆舒缓和谐美好，先祖神灵听了高兴。诸位宾朋应邀光临，曲终未觉演奏长。

潜

猗与漆沮[①]，潜有多鱼[②]。
有鳣有鲔，鲦鲿鰋鲤。
以享以祀，以介景福。

【注释】

①猗与：赞美之词。漆沮：两条河流名。②潜：通“椮（sǎn）”，放在水中供鱼栖止的柴堆。

【译文】

漆水与沮水景色秀美，鱼儿繁多藏柴丛。

鳣鱼鲔鱼不可胜数，鲦鲿鰋鲤又群出波间。

捕来鲜鱼恭敬祭祀，祈求祖先降福绵延。

雝

有来雝雝[①]，至止肃肃。相维辟公[②]，天子穆穆。

於荐广牡[③]，相予肆祀。假哉皇考[④]！绥予孝子。

宣哲维人[⑤]，文武维后。燕及皇天，克昌厥后。

绥我眉寿，介以繁祉。既右烈考[⑥]，亦右文母[⑦]。

【注释】

①雝（yōng）雝：和睦。②辟公：诸侯。③荐：进献。④假：大。⑤宣哲：明智。⑥烈考：先父。⑦文母：有文德的母亲。

【译文】

一路行进和睦恭敬，来到此地恭敬祭享。各国诸侯协助祭祀，周天子端庄静穆。

赞叹声里献上大雄牲，助我祭祀陈列于庙堂。伟大先父之在天之灵，保佑我孝子安定周边。

人臣贤能若众星拱月，君主英明更当世无双。安周邦上及皇天，今世盛明及子孙永昌。

安我心赐我年寿绵绵，又助我享用吉福无疆。求神佑先父灵前长歌，求神佑先母灵前高唱。

载见

载见辟王[①]，曰求厥章[②]。龙旂阳阳[③]，和铃央央[④]。
鞗革有鸧[⑤]，休有烈光[⑥]。率见昭考，以孝以享。
以介眉寿，永言保之，思皇多祜。
烈文辟公[⑦]，绥以多福，俾缉熙于纯嘏[⑧]。

【注释】

①辟王：君王。②章：法度。③阳阳：鲜明。④央央：铃声和谐。⑤鞗（tiáo）革：马缰绳。⑥休：美。⑦烈文：辉煌而有文德。⑧纯嘏（gǔ）：大福。

【译文】

诸侯初始朝见周王，请求赐下法度典章。龙旗呈现鲜明图案，车上与铃叮当作响。

缰绳装饰明亮晃晃，整支队伍威武雄壮。率众诸侯祭祀先王，手持祭品虔诚奉享。

祈求赐我福寿无疆，神灵保佑地久天长，成王得福又吉祥。

诸侯贤德深孚众望，安邦定国吉祥如意，辅助君王前程辉煌。

有客

有客有客[①]，亦白其马。有萋有且[②]，敦琢其旅[③]。
有客宿宿[④]，有客信信[⑤]。言授之絷，以絷其马。
薄言追之[⑥]，左右绥之。既有淫威，降福孔夷。

【注释】

①客：指宋微子。②有萋有且（jū）：此指随从众多。③敦琢：意为雕琢，引申为选择。④宿：一宿曰宿。⑤信：再宿曰信。⑥追：饯行送别。

【译文】

远方客人来我家，白色骏马身下骑。随从人员众又多，个个品德无瑕疵。

客人头夜宿施舍，两夜三夜又住下。多想取出绳索来，留客拴住他的马。

我为客人来饯行，群臣一齐慰劳他。客人现已受厚待，上天赐福将更大。

武

於皇武王[①]！无竞维烈[②]。允文文王[③]，克开厥后[④]。

嗣武受之[⑤]，胜殷遏刘[⑥]，耆定尔功[⑦]。

【注释】

①皇：光耀。②烈：功业。③允：信然。④克：能。⑤嗣：后嗣。⑥刘：杀戮。⑦耆（zhǐ）：做到。

【译文】

赞叹伟大周武王！他的功业世无双。诚信有德周文王，能把后代基业创。

继承者为武王，停止残杀战胜殷商，终成大业功绩辉煌。

闵予小子

闵予小子[①]，遭家不造[②]，嬛嬛在疚[③]。

於乎皇考[④]，永世克孝[⑤]。念兹皇祖[⑥]，陟降庭止。

维予小子，夙夜敬止。於乎皇王！继序思不忘[⑦]。

【注释】

①闵：通“悯”，怜悯。②不造：不善，指遭凶丧。③嬛（qióng）嬛：同“茕茕”，孤独无依靠。④皇考：指武王。⑤克：能。⑥皇祖：指文王。⑦序：事业。

【译文】

可怜自己三尺童，家里遭难真不幸，孤独无援心忧虑。

感叹先父实伟大，能尽孝道终其生。念我先祖成大业，任贤罢佞国运隆。

我今年幼承即位，日夜勤劳坐朝廷。先王灵前发誓愿，承继遗志铭心胸。

访落

访予落止[①]，率时昭考[②]。於乎悠哉[③]！朕未有艾[④]。

将予就之[⑤]，继犹判涣[⑥]。维予小子，未堪家多难。

绍庭上下[⑦]，陟降厥家。休矣皇考，以保明其身。

【注释】

①访：谋、商讨。落：始。②率：遵循。③悠：远。④艾：数。⑤将：助。⑥判涣：分散。⑦绍：继。

【译文】

即位之初商国事，路线政策倚父王。先王之道太深厚！经验未丰心惶惶。

纵有群臣来辅佐，也怕闪失欠妥当。登位年轻无经验，家国多难心慌慌。

唯遵先王的庭训，任贤罢佞肃朝纲。父王英明且伟大，佑我保我身安康。

敬之

敬之敬之[①]！天维显思[②]，命不易哉[③]。无曰高高在上，陟降厥士，日监在兹。维予小子，不聪敬止。日就月将，学有缉熙于光明[④]。佛时仔肩[⑤]，示我显德行[⑥]。

【注释】

①敬：通“儆”，警诫。②显：明白。③命：天命。④缉

熙：积累光亮，喻掌握知识渐广渐深。⑤佛（bì）：通“弼”，辅助。一说指大。仔肩：责任。⑥显：美好。

【译文】

为人处世要警惕！上天监察最明显，坚持天命真困难。莫说苍天高在上。事物由它定升降，每日监视着下边。我刚即位年纪轻，岂敢不听不恭敬？日有成就月精进，学问积渐往光明，群臣辅我担重任，美德朝我多启示。

小毖

予其惩而毖后患[①]：莫予荓蜂[②]，自求辛螫；肇允彼桃虫[③]，拚飞维鸟[④]；未堪家多难[⑤]，予又集于蓼。

【注释】

①毖：谨慎。②荓（píng）蜂：小草和细蜂。③肇：开始。④拚：翻飞。⑤多难：指武庚、管叔、蔡叔之乱。

【译文】

我必须深刻地汲取教训：缺少辅佐心里急，只能自己操辛劳。初始以为小鹪鹩，忽变大鸟飞上天。国家祸患受不了，今陷困境更难堪。

载芟

载芟载柞[①]，其耕泽泽[②]。千耦其耘[③]，徂隰徂畛[④]。

侯主侯伯[⑤]，侯亚侯旅[⑥]，侯彊侯以[⑦]，有嗿其馌[⑧]。

思媚其妇[⑨]，有依其士[⑩]。有略其耜[⑪]，俶载南亩[⑫]。

播厥百谷，实函斯活[⑬]。驿驿其达[⑭]，有厌其傑[⑮]。

厌厌其苗，绵绵其麃[⑯]。载获济济，有实其积，万亿及秭[⑰]。

为酒为醴，烝畀祖妣，以洽百礼。有飶其香，邦家之光。

有椒其馨，胡考之宁。匪且有且，匪今斯今，振古如兹⑱。

【注释】

①载芟（shān）载柞（zuò）：又割杂草又砍树木。②泽泽：通“释释”，土解。③耘：除田间杂草。④畛（zhěn）：高坡田。⑤主：家长。⑥旅：幼小子弟辈。⑦疆：同“强”，强壮者。以：雇工。⑧喷（tǎn）：众人饮食声。⑨媚：美。⑩依：壮盛。⑪有略：略略。⑫俶（chù）：始。南亩：向阳的田地。⑬实：种子。活：活生生。⑭达：出土。⑮杰：特出之苗。⑯麃（biāo）：谷物的穗。⑰亿：十万。⑱振古：终古。

【译文】

又除草来又砍树，田头翻耕松泥土。千对农人正耕地，走下洼地踏小路。

家主带领长子来，子弟晚辈也到齐。壮汉雇工全都有，地头吃饭声音响。

女子温情又娇媚，小伙子们真强壮。耜的尖刃多锋利，先耕南面那田地。

播撒百谷点种子，颗粒饱满活力旺。小芽纷纷拱出土，长出苗儿真漂亮。

禾苗越长越繁茂，谷穗下垂长又壮。谷物收成真是好，露天垒满打谷场，成万成亿难估量。

酿造清酒最甘醇，奉献先祖先品尝，结束百礼供祭飨。祭献食物喷喷香，家门荣幸国增光。

献祭椒酒香清冽，孝敬老人体安康。并非现在才这样，并非今年才如此，万古皆有这景象。

良耜

畟畟良耜[①]，俶载南亩[②]。播厥百谷，实函斯活[③]。或来瞻女[④]，载筐及莒，其饷伊黍。其笠伊纠[⑤]，其镈斯赵[⑥]，以薅荼蓼[⑦]。荼蓼朽止，黍稷茂止。获之挃挃[⑧]，积之栗栗[⑨]。其崇如墉[⑩]，其比如栉[⑪]，以开百室[⑫]。百室盈止，妇子宁止。杀时犉牡，有捄其角。以似以续[⑬]，续古之人。

【注释】

①畟（cè）畟：形容耒耜（古代一种像犁的农具）的锋刃快速入土。②俶（chù）：开始。③函：指种子播下之后孕育发芽。④瞻：赡。⑤纠：指用草绳编织而成。⑥赵：锋利好使。⑦薅（hāo）：去掉田中杂草。⑧挃（zhì）挃：形容收割庄稼的摩擦声。⑨栗栗：形容收割的庄稼堆积之多。⑩墉（yōng）：高高的城墙。⑪比：排列。⑫百室：指众多的粮仓。⑬似（sì）：通“嗣”，继续。

【译文】

犁头入土真锋利，先到南面去耕地。百谷种子播下去，粒粒孕育有生机。有人送饭来看你，挑着方筐与圆篓，送来米饭冒热气。头戴编织草斗笠，手持锄头翻土齐，除草田畦需清理。野草腐烂为肥料，庄稼生长真茂密。挥镰收割齐发声，打下谷子高堆起。看那高处多浓密，看那两旁若梳齿，大小仓库都开启。各个粮仓皆装满，妇女儿童心神怡。杀头大牛来欢庆，弯弯双角真美丽。不断祭祀后继前，前人传统后人续。

丝衣

丝衣其紑[①]，载弁俅俅[②]。自堂徂基[③]，自羊徂牛。

鼐鼎及鼒[④]，兕觥其觩。旨酒思柔。不吴不敖[⑤]，胡考之休。

【注释】

①丝衣：祭服。紑（fóu）：洁白鲜明貌。②俅（qiú）俅：形容冠饰美丽的样子。③堂：庙堂。④鼐（nài）：大鼎。鼒（zī）：小鼎。⑤吴：大声说话，喧哗。

【译文】

身上白衣为丝绸，戴冠样式皆一流。从庙堂里至门内，祭牲用羊还用牛。

大鼎中鼎加小鼎，兕角酒杯一头弯，美酒香醇味柔绵。轻声细语不骄傲，神佑大家寿千年。

酌

於铄王师[①]，遵养时晦[②]。时纯熙矣，是用大介。

我龙受之，蹻蹻王之造[③]。载用有嗣，实维尔公允师。

【注释】

①王师：王朝的军队。②养：攻取。③蹻（jué）蹻：勇武之貌。

【译文】

王师美哉多辉煌，带兵东征灭了商。局势明朗国运昌，伟大辅佐即降临。

我今幸得享太平，归功英勇周武王。现将职务来任命，周公召公做领军。

桓

绥万邦[①]，娄丰年[②]。天命匪解[③]。

桓桓武王[④]，保有厥士，于以四方，克定厥家。

於昭于天，皇以间之[⑤]。

【注释】

①绥：和。②娄（lǚ）：同"屡"。③匪解（fēi xiè）：非懈，不懈怠。④桓桓：威武。⑤间（jiàn）：通"瞯"，监察。

【译文】

天下万国和睦，连年丰收吉祥，仰仗上天降福祥。

威风凛凛周武王，拥有英勇的爱将，安抚了天下四方，齐家治国永昌盛。

武王功德昭著于上苍，请皇天监察我周室家邦。

赉[1]

文王既勤止，我应受之。敷时绎思[2]，我徂维求定。时周之命，於绎思。

【注释】

①赉（lài）：赐予。②敷（pǔ）时：普世，指天下所有诸侯。

【译文】

文王一生多勤劳，我定继承治国道。诸侯各位需牢记，天下太平最要紧。你们接受周朝命，文王功德要牢记。

般

於皇时周[1]，陟其高山[2]，隋山乔岳[3]，允犹翕河[4]。敷天之下[5]，裒时之对[6]，时周之命[7]。

【注释】

①皇：伟大。②陟（zhì）：登高。③隋（duò）：低矮狭长的山。④河：黄河。⑤敷：遍。⑥裒（póu）：聚。⑦时：通"侍"，承受。

【译文】

啊，壮美的周朝，登临那巍峨的山顶，不论是丘陵峰峦，与河合祭献旨酒。普天之下诸神灵，所有周的封国疆土，大周受命运长久。

鲁颂

駉

駉駉牡马[①]，在坰之野[②]。薄言駉者，有驈有皇，有骊有黄，以车彭彭[③]。思无疆，思马斯臧。

駉駉牡马，在坰之野。薄言駉者，有骓有駓，有骍有骐，以车伾伾[④]。思无期，思马斯才。

駉駉牡马，在坰之野。薄言駉者，有驒有骆，有骝有雒，以车绎绎[⑤]。思无斁[⑥]，思马斯作。

駉駉牡马，在坰之野。薄言駉者，有骃有騢，有驔有鱼[⑦]，以车祛祛[⑧]。思无邪，思马斯徂。

【注释】

①駉（jiōng）駉：马健壮貌。②坰（jiōng）：野外。③以车：用马驾车。④伾（pī）伾：有力的样子。⑤绎绎：跑得很快的样子。⑥斁（yì）：厌倦。⑦鱼：两眼长两圈白毛的马。⑧祛（qū）祛：强健的样子。

【译文】

公马雄健又高大，放牧远郊近水边。高大壮健那些马，有黑身白胯有白底夹黄，有纯黑色有黄中带赤，驾车蹄声阵阵响。鲁君深思且熟虑，养的马儿多俊秀。

公马雄健又高大，放牧远郊近水边。高大壮健那些马，有苍白杂毛有白色间黄，有赤而兼黄有青黑杂毛，驾车有力向前方。鲁君思谋终不止，养的马儿皆好样。

公马雄健又高大，放牧远郊近水边。高大壮健那些马，有青毛鳞斑有黑身白鬃，有赤身黑鬃有黑毛白鬃，驾车赶来多快当。鲁君谋虑不懈怠，养的马儿神色旺。

公马雄健又高大，放牧远郊近水边。高大壮健那些马，有浅黑间白有赤白相杂，有黑毛黄脊有眼圈纯白，驾车驰骋多健强。鲁君思虑永正确，养的马儿奔远方。

有駜

有駜有駜[1]，駜彼乘黄[2]。夙夜在公[3]，在公明明[4]。振振鹭[5]，鹭于下。鼓咽咽[6]，醉言舞。于胥乐兮[7]！

有駜有駜，駜彼乘牡[8]。夙夜在公，在公饮酒。振振鹭，鹭于飞。鼓咽咽，醉言归。于胥乐兮！

有駜有駜，駜彼乘駽[9]。夙夜在公，在公载燕[10]。自今以始，岁其有。君子有穀，诒孙子[11]。于胥乐兮！

【注释】

①駜（bì）：马肥壮貌。②乘（shèng）黄：四匹黄马。③公：官府。④明明：通“勉勉”，努力貌。⑤振振鹭：群飞貌。⑥咽咽：不停的鼓声。⑦胥：相。⑧牡：公马。⑨駽（xuān）：青骊马。⑩载：则。⑪诒：留。

【译文】

马儿强健又肥壮，拉车四匹马身黄。早晚皆在官府中，在那办事真繁忙。白鹭一群向上翥，渐收羽翼身下俯。鼓声咚咚响不停，趁着醉意皆起舞。上下人人心舒畅！

马儿强健又肥壮，拉车四匹皆公马。早晚都在官府里，在那畅饮喜交加。白鹭一群向上飞，渐展翅膀任来回。鼓音咚咚响不停，趁着醉兴把家回。上下人人都欢笑！

马儿强健又肥壮，拉车四匹铁骢壮。早晚都在官府中，在官府中设酒宴。从今起始享太平，年年皆有好收成。君子有福还有禄，福泽万代留子孙。上下人人笑开颜！

商颂

那

猗与那与[①]，置我鞉鼓[②]。奏鼓简简[③]，衎我烈祖[④]。
汤孙奏假[⑤]，绥我思成[⑥]。鞉鼓渊渊[⑦]，嘒嘒管声[⑧]。
既和且平，依我磬声[⑨]。於赫汤孙[⑩]！穆穆厥声[⑪]。
庸鼓有斁[⑫]，万舞有奕。我有嘉客，亦不夷怿[⑬]。
自古在昔，先民有作。温恭朝夕，执事有恪。
顾予烝尝[⑭]，汤孙之将。

【注释】

①猗（ē）与那（nuó）与：犹“婀欤娜欤”，形容乐队美盛之貌。②置：竖立。③简简：鼓声。④衎（kàn）：欢乐。⑤汤孙：商汤之孙。奏假：祭享。⑥绥：赠予、赐予。⑦渊渊：鼓声。⑧嘒（huì）嘒：象声词，吹管的乐声。⑨磬：一种玉制打击乐器。⑩赫：显赫。⑪穆穆：和美庄肃。⑫庸：同“镛”，大钟。⑬夷怿（yì）：怡悦。⑭顾：光顾。

【译文】

多盛大啊多繁富，于我堂上放立鼓。击鼓咚咚响不停，使我祖宗多欢愉。

商汤之孙方祭祀，赐我成功拓疆土。打起立鼓隆隆响，吹奏管乐音呜呜。

曲调协调声清平，磬声节乐有起伏。商汤之孙真显赫，音乐和美且庄肃。

钟鼓洪亮一起鸣，洋洋万舞场面盛。我有助祭好宾朋，无不欢乐于一处。

遥远古代先民们，早将祭礼安排好。早晚温文又恭敬，祭神祈福要虔诚。

敬请先祖享祭品，商汤子孙天助佑。

烈祖

嗟嗟烈祖，有秩斯祜[①]。申锡无疆[②]，及尔斯所[③]。

既载清酤[④]，赉我思成。亦有和羹，既戒既平[⑤]。

鬷假无言[⑥]，时靡有争。绥我眉寿，黄耇无疆。

约軧错衡，八鸾鸧鸧。以假以享，我受命溥将。

自天降康，丰年穰穰。来假来飨，降福无疆。

顾予烝尝，汤孙之将。

【注释】

①有秩斯祜：形容福之大貌。②申：再三。③及尔斯所：犹云“以迄于今”。④清酤：清酒。⑤戒：齐备。⑥鬷（zōng）假：集合大众祈祷。

【译文】

颂扬伟大我先祖，齐天洪福连续降。永无休止厚赏赐，至今恩泽依旧足。

祭祖清酒杯中满，赐我疆土兴国邦。再将肉羹调制好，五味平和缕缕香。

众人祷告勿出声，次序井然不争抢。赐我平安获长寿，长寿无终佑安康。

车子衡轴金革镶，銮铃八只鸣铿锵。来到宗庙祭祖上，我受天命自浩荡。

安宁康乐自天降，丰收之年满囤粮。先祖神灵请尚飨，赐我大福寿绵长。

秋冬两祭皆登场，宋君呈献情意长。

玄鸟

天命玄鸟[①]，降而生商，宅殷土芒芒[②]。古帝命武汤[③]，正域彼四方[④]。方命厥后[⑤]，奄有九有[⑥]。商之先后[⑦]，受命不殆[⑧]，在武丁孙子。武丁孙子，武王靡不胜。龙旂十乘，大糦是承[⑨]。邦畿千里[⑩]，维民所止，肇域彼四海[⑪]。四海来假[⑫]，来假祁祁[⑬]。景员维河。殷受命咸宜[⑭]，百禄是何。

【注释】

①玄鸟：黑色燕子。②芒芒：同“茫茫”。③古：从前。④正（zhēng）：同“征”。⑤方：遍，普。⑥奄：包括。九有：九州。⑦先后：先王。⑧殆：通“怠”，懈怠。⑨糦：同“饎”，酒食。⑩邦畿：封畿，疆界。⑪肇域四海：拥有四海之疆域。⑫来假（gé）：来朝。⑬祁祁：纷杂众多之貌。⑭咸宜：人们都认为适宜。

【译文】

天帝敕令给神燕，生契建商落人间，居住殷土多宽广。那时天帝命成汤，治理天下管四方。

昭告部落各头领，九州土地入商疆。商朝先王后继前，承受天命勿怠慢，后裔武丁最称贤。

武丁的确好后代，成汤遗业可承担。龙旗大车皆十乘，奉献粮食常载满。千里疆土真辽阔，百姓定居获平安，四海疆域到极远。

四夷小国来朝见，车水马龙各争先。景山四周皆河流，殷商受命人称善，百样福禄永呈祥。

殷武

挞彼殷武[①]，奋伐荆楚[②]。罙入其阻[③]，裒荆之旅[④]。有截其所，汤孙之绪[5]。

维女荆楚，居国南乡[6]。昔有成汤，自彼氐羌，莫敢不来享，莫敢不来王。曰商是常。

天命多辟[7]，设都于禹之绩。岁事来辟[8]，勿予祸适[9]，稼穑匪解。

天命降监，下民有严。不僭不滥[10]，不敢怠遑。命于下国，封建厥福。

商邑翼翼，四方之极。赫赫厥声，濯濯厥灵。寿考且宁，以保我后生[11]。

陟彼景山，松伯丸丸[12]。是断是迁，方斲是虔[13]。松桷有梴，旅楹有闲，寝成孔安[14]。

【注释】

①挞（tà）：勇武貌。②荆楚：即荆州之楚国。③罙（shēn）：同“深”。④裒（póu）：通“俘”，俘获。⑤绪：功业。⑥乡（xiàng）：通“向”，所。⑦多辟（bì）：众多诸侯国君。⑧来辟：犹言“来王”“来朝”。⑨祸适：读同“过谪”，谴责。⑩不僭（jiàn）不滥：赏不僭，刑不滥。⑪后生：犹言后代子孙。⑫丸丸：形容松柏条直挺拔。⑬方：是。虔，砍削。⑭寝：此指为殷高宗所建的寝庙。

【译文】

殷王武丁疾如风，讨伐荆楚真英勇。王师深入险阻地，众多楚兵全被俘。扫荡荆楚传捷报，成汤子孙功业建。

荆楚之邦听端详，长久居住宋南方。从前成汤建殷商，远方民族如氐羌，无人不来献宝藏，无人胆敢不朝王。殷王实为天下之长。

天子下令诸侯听，建都大禹治水地。每年按时来朝祭，不受责备不鄙夷，不能松懈误农耕。

天子下令去视察，下方人民都恭谨。赏不越级罚不滥，人人不敢来怠慢。君王命令达诸侯，四方封国有福受。

商都繁华又整齐，实为天下四方的榜样。武丁有着好声名，光辉灿烂显威灵。长寿康宁都享有，保佑后人永昌盛。

登上那座景山巅，苍松翠柏参云天。将它砍断将它搬，削枝刨皮把屋建。长长松木制方椽，楹柱排列粗壮圆，寝庙建成神灵安。